光文社古典新訳文庫

宝石／遺産　モーパッサン傑作選

モーパッサン

太田浩一訳

kobunsha classics

光文社

Title : LES BIJOUX/L'HÉRITAGE
1883 / 1884
Author : Guy de Maupassant

『宝石／遺産　モーパッサン傑作選』目次

宝石／遺産

Guy de Maupassant

宝石

LES BIJOUX

ランタン氏は、課長補佐の家のパーティーでその娘を見そめ、たちまち心を奪われてしまった。

地方の収税吏の娘で、父親は数年まえに亡くなっていた。父の死後、母親とともにパリにやってきた。母親は娘のいい嫁入り先を探すため、近所の裕福な家庭に足しげく出入りしていた。貧しいながら、まっとうな暮らしを送る、もの静かで穏和な親子だった。娘は貞淑を絵に描いたような女性だったから、思慮ぶかい青年なら人生の伴侶にすることを夢みずにはいられなかった。つつましやかな美貌は、天使を思わせる清らかな魅力をたたえ、いつも口もとに絶えないほのかな微笑は、その心を反映しているかのようだった。

だれもが称讃のことばを惜しまず、娘を知る者は口を揃えてこうくり返した。「あの娘さんを妻に迎える男はしあわせだ。あれほどの娘はそうそう見つかるものじゃない」

そのころ、ランタン氏は内務省の主任で、年俸《ねんぽう》は三千五百フラン[1]ほどであったが、娘に求婚して、やがて結婚した。

結婚生活はさながら夢のように幸福だった。妻は家計のやりくりがめっぽう上手だったので、分《ぶん》にすぎた贅沢な暮らしを送っているように思えたほどだ。夫にたいする気くばり、こまやかな心づかい、あるいはときおり見せる甘えたしぐさなど、どれひとつとして妻に欠けているものはなかった。ランタンはこの妻にすっかり魅了されていたので、知り合って六年になるというのに、新婚のころにも増して深い愛情を抱いていた。

ただ、ふたつだけ不満があった。芝居が好きなこと、それにイミテーションの宝石類に目がないことである。

妻の友人たち（下級官吏の夫人たち何人かと知り合いだった）が評判になっている

1　十九世紀の一フランは日本円にしてほぼ今日の千円に相当するので、およそ三百五十万円。

芝居のボックス席を毎回のようにとってくれ、ときには初日の席をとってくれることすらあった。そのたびに、いやおうなく夫は観劇につきあわされるのだが、一日働いたあとなので、いつもへとへとに疲れてしまう。そこで夫は、だれか知り合いの奥さんといっしょに行ってくれないかと頼んだ。帰りはその人に送ってもらえばいい。夫が同伴しないのは好ましくないと言って妻はなかなか承知しなかったが、夫のためだと思い、結局そうすることにした。夫が大いに感謝したことは言うまでもない。

ところで、こうした芝居好きが嵩《こう》じるうち、妻の心におしゃれをしたいという欲求が芽ばえた。といって、装いが派手になったわけではなく、趣味のよさは変わらず、あくまで質素なままだった。もともと妻には、心をなごますような淑《しと》やかさがそなわっていた。控えめで、ほほえましい、それでいてどうにも抗しがたい淑やかさで、それが飾り気のない衣裳にあらたな魅力を添えているように思えたものだ。それなのに、イミテーションの、大粒のダイヤモンドのイヤリングを両耳につけるようになった。模造真珠のネックレスをつけ、金めっきのブレスレットをはめ、宝石まがいの、色とりどりのガラスをちりばめた櫛《くし》をさすようになった。

こうしたイミテーション好きには夫もいささか閉口して、くり返しこう言った。

「ねえ、きみ、本物の宝石が買えなくたって、きみの生地《きじ》の美しさと淑やかさを飾りにすればいいんだよ。それに勝る宝石はないからね」

ところが、妻はやさしくほほえみながら、「だって、こうしたものが好きなんですもの、しかたないでしょ。仰《おっしゃ》るとおり、あまりいい趣味とは言えないけど、こればっかりはどうしようもないのよ。とにかく、宝石類には目がなくって」とくり返すばかりだった。

そして、真珠のネックレスを指でもてあそんだり、クリスタルガラスのカット面をきらきら光らせては、きまってこう言うのだった。「ねえ、ご覧なさいよ。よくできているでしょう。だれだって本物だと思うんじゃないかしら」

夫は苦笑しながら言った。「やれやれ、困ったもんだ」

夕方、夫婦さし向かいでくつろいでいるときなど、お茶を飲んでいるテーブルの上に、妻はモロッコ革の小箱を持ってくることがあった。ランタン氏に言わせれば安ぴかものをしまい込んである小箱である。妻はまがいものの宝石類を一つひとつ手にとって熱心に調べはじめるのだが、まるで人知れぬ深い喜びをあじわっているかのようだった。そして、むりやり夫の首にネックレスをかけては、「あら、おかしいわ！」

などと言って笑いころげ、夫の腕に身を投げだして、夢中になって接吻を浴びせるのだった。

冬のある晩、妻はオペラ座に出かけ、寒さに震《ふる》えながら帰ってきた。翌日は咳《せき》がとまらなかった。一週間後、とうとう肺炎で亡くなってしまった。

ランタンはあやうく墓のなかまで妻を追っていくところだった。悲嘆のあまり、ひと月で髪はすっかり白くなった。耐えがたい苦悩に心を引き裂かれる思いで、朝から晩まで涙に暮れていた。亡き妻の思い出にとりつかれ、そのほほえみや声など、ありとあらゆる魅力がかたときも心を離れなかった。

時が経っても苦悩は癒えなかった。役所で同僚たちと雑談しているときでも、ふいに頬がふくらみ、鼻にしわがより、目に涙がたまってくることがよくあった。とたんに顔がゆがんで、すすり泣きがはじまるのだった。

妻の部屋はそのままにしておき、毎日そこに閉じこもって思い出にふけった。あらゆる家具、それに衣類までもが生前のままにしてあった。

けれども、しだいに生活が苦しくなってきた。妻に家計をまかせていたころは、自分の稼ぎでなんら不足はなかったのに、いまやひとり暮らしの生活もままならない状態だった。いったいどうやって、いつも上等のワインを飲ませてくれ、ごちそうを食べさせてくれたのだろう。そう思うと不思議でならなかった。自分のとぼしい収入では、そうしたものはとうてい口にできそうになかったからだ。

いくらか借金をしてしまい、金策に走りまわるはめになった。とうとうある朝、月末までまだまる一週間もあるのに、無一文になってしまい、なにかを売ろうと思った。とっさに頭に浮かんだのが、妻の安ぴかものを処分してしまおうという考えだった。かつていらいらさせられたこれらのまがいものにたいする恨みが、まだ心の奥底に残っていたのである。毎日それらを目にするだけでも、最愛の妻の思い出がいくらか損なわれるような気がした。

妻が残したおびただしい数のイミテーションを、ランタンは長い時間をかけて物色した。なにしろ、亡くなる直前まで飽きもせずに買いあつめ、ほとんど毎晩のように新しい品を持ちかえっていたのである。ようやく、とりわけ妻が気に入っていたように思える大きなネックレスを選びだした。これなら、まがいものにしてはたいへん手が込んでいるから、六フランか八フランくらいにはなるだろう。

ランタンはネックレスをポケットに入れ、勤め先の役所に向かって大通りを歩きながら、信用できそうな宝石店を探した。

ようやく一軒見つけてなかに入ったが、こんなふうに自分の窮状をさらけだし、二《に》束三文《そくさんもん》の品を売ろうとするのがいくらか恥ずかしかった。

「あの、これなんですが、いかほどになるでしょう？」と宝石商に言った。

品物を受けとると、商人は念入に調べだした。ひっくり返したり、手にのせて重さを量ったり、ルーペをとりだしたりした。店員を呼んで小声でなにやら言いつけたかと思うと、ネックレスをふたたびカウンターの上に置き、離れたところから眺めて慎重に鑑定した。

そうした仰々《ぎょうぎょう》しい手つづきを見ているうち、ランタン氏はきまりが悪くなって、《いや、そう大した代物じゃないことは承知しているんですが》と言おうと口を開きかけると、宝石商がこう言った。

「お客さま、こちらは一万二千から一万五千フラン[2]する品物でございます。ですが、出所《でどころ》をおっしゃっていただかないことには、お引きとりいたしかねますが」

妻を亡くした男はわけがわからず、ぽかんとして目を見はっていた。ようやく口ごもりながら、「なんですって……たしかですか？」と言ったところ、相手はランタン

L.M.

の驚きを誤解したのか、冷ややかな口調で応じた。「ご不満のようでしたら、ほかの店へ行かれてはいかがでしょう。当店といたしましては、一万五千が精いっぱいのところでございます。それ以上の値をつける店が見つからないようでしたら、どうぞまたいらしてください」

ランタン氏は呆気《あっけ》にとられて、ネックレスをつかむとそのまま店を出た。ともあれ、ひとりになってよく考えてみようと思った。

ところが往来に出たとたん、急に笑いが込みあげてきて、こう思った。《それにしても、間抜けなやつだ！　もし、むこうの言い値で売っていたら、どうなっていたことか。宝石商のくせに、本物と贋物《にせもの》の区別もつかないとはな！》

ラ・ペ通り[3]の入口にあるべつの店に入った。ネックレスを見るなり、宝石商は大声で言った。

「はい、もちろんよく存じておりますとも。こちらのネックレスは当店でお売りしたものですから」

ランタン氏はめんくらって尋ねた。

「いくらぐらいするものですか？」

「当店では二万五千フランでお売りしました。一万八千フランででしたら、いつでもお引きとりいたします。法律の定めるところにより、お客さまがこちらの所有者であることを証明していただく必要がございますが」こんどばかりは驚きのあまり、ランタン氏は椅子の上にへなへなと腰をおろしてしまった。そして、こう言った。「で、でも……よく調べてもらえませんか。いままで、てっきり、その……贋物ではないかと」

宝石商が言った。「お名前を伺ってもよろしいでしょうか？」

「ええ、もちろん。ランタンです。内務省の職員で、住所はマルチール通り十六番地」

商人は帳簿を開き、しばらく調べてからこう言った。「こちらのネックレスは、たしかにマルチール通り十六番地のランタン夫人にお売りしたもので、お届けしたのは一八七六年七月二十日です」

2　日本円にして約千二百万から千五百万円。
3　パリ二区、ヴァンドーム広場とオペラ広場を結ぶ通り。

ふたりは思わず顔を見合わせた。ランタンは驚きのあまり茫然《ぼうぜん》として、宝石商は泥棒のにおいを嗅《か》ぎつけようとして。

商人が言った。「こちらの品を二十四時間ほどお預かりしてよろしいでしょうか？　預かり証をお切りいたしますので」

ランタン氏は口ごもりながら、「ええ、もちろん」と答えると、預かり証をおりたたんでポケットにつっ込み、店を出た。

それから通りをよこぎり、その通りをのぼって行ったが、道をまちがえたことに気づき、チュイルリー庭園のほうにくだった。セーヌ川を渡り、またしても道をまちがえて、これというあてもなくシャンゼリゼ大通りにひき返した。頭を冷やして考え、なんとか理解しようとした。妻にあんな高価な物が買えるだろうか。――もちろん買えるわけはない。――だとすれば、人からもらった物だ、贈り物だ！　だれから、また、どうして贈られたんだろう？

そこで足を止め、大通りの真ん中に立ちつくした。ふと、恐ろしい疑惑が心をかすめた。――ひょっとして、妻は？――だとすると、ほかの宝石類もすべてだれかの贈り物なのか！　足もとがぐらつき、目のまえの木が倒れかかってくるような気がした。

ランタンは両腕をひろげ、気を失って、その場にばったりと倒れた。

意識をとり戻すと、薬局にいた。通りがかりの人が運んでくれたのだ。自宅まで送ってもらい、そのまま部屋に閉じこもった。

声をたてないようにハンカチを噛みながら、夜が更けるまで、身も世もなく泣きつづけた。やがて、疲れと悲しみでへとへとになり、ベッドに身を横たえて死んだように眠った。

さし込む朝陽で目をさました。役所に行くためにのろのろと起きあがったが、あのようなショックを受けたあとなので、仕事をする気になれなかった。あれこれ欠勤の言いわけを考えたすえ、課長に手紙を書いた。それから例の宝石店に行かねばならないと思ったが、恥ずかしさのあまり顔が赤くなった。なかなか決心がつかなかったが、ネックレスを預けたままにしておくわけにもいかない。ランタンは服を着替えて、おもてに出た。

いい天気だった。青空がパリの上にひろがり、街はほほえんでいるかのようだ。ポケットに手をつっ込んだまま、ぶらぶら歩いている人の姿が目についた。

そうした人々を眺めながら、ランタンは思った。《金のある連中はしあわせだ。金さえあれば、どんなに悲しいことだって忘れることができる。行きたいところへ行けるし、旅行や気晴らしもできる。ああ、金持になりたいもんだ》

ふと腹が減っていることに気がついた。おといからろくに食べていないのだから無理もない。しかし、ポケットは空っぽときている。そこで例のネックレスが頭に浮かんだ。一万八千フラン、そう一万八千フランだ。こいつは大金だ！　一万八千フラン！　そう思って何度も店に入りかけたが、そのたびに羞恥心《しゅうちしん》に引きとめられた。

ラ・ペ通りに着くと、宝石店の向かいの歩道を行きつ戻りつした。一万八千フランだ！　そう思って何度も店に入りかけたが、そのたびに羞恥心に引きとめられた。

とはいえ、ますます空腹は耐えがたくなるし、一文の金もない。やにわにランタンは意を決して、気が変わらぬうちにと、走って通りをよこぎり、店にとび込んだ。

ランタンの姿を目にとめるや、宝石商はいそいそと歩みよって、愛想よく椅子をすすめた。店員たちも集まってきた。目もと、口もとにうす笑いを浮かべながら、ランタンを横目でうかがっている。

宝石商が言った。「照会は済んでおります、お客さま。ご意向にお変わりないようでしたら、昨日申しあげた金額でお引きとりいたしますが」

ランタンはつぶやくように答えた。「ええ、けっこうです」

宝石商は引き出しから大きな紙幣を十八枚とり出し、それを数えてからランタンにさしだした。ランタンは小さな領収書にサインすると、震える手で金をポケットにしまった。

店を出ようとしかけたとき、あいかわらずにやにや笑っている商人のほうをふりむいて、伏し目がちに訊《き》いた。「じつは……まだ他にも宝石がありまして……やはり相続したものなんですが。そちらも引きとっていただけますか？」

商人はうなずいて言った。「もちろんですとも、お客さま」店員のひとりがふき出しそうになって、あわてて席をはずした。おおげさに洟《はな》をかむ店員もいた。

ランタンは平静をよそおい、顔を赤らめながらも、おちつき払って言った。「では、また持参することに」

店を出ると辻馬車に乗り、宝石類をとりに戻った。

一時間後、ランタンは昼食もとらずにまた店にやってきた。店員たちは宝石を一つひとつ入念に調べては、それぞれを値ぶみした。ほとんどがこの店で売られたものだった。

今回、ランタンは査定について異議を唱えたり、憤慨してみせたり、売上台帳を見せるよう要求したりした。金額がかさむにつれ、その声も大きくなった。

大粒のダイヤのイヤリングが二万フラン、ブレスレットが三万五千フラン。ブローチ、指輪、ロケットがしめて一万六千フラン。エメラルドとサファイアのアクセサリーセットが一万四千フラン。それに、金の鎖にダイヤがひとつさがったネックレスが四万フランで、総額は十九万六千フランにものぼった。

いくぶん冷やかしをまじえながら、宝石商は愛想よく言った。「これだけの品をお集めになったのですから、貯えをすべて宝石類につぎ込まれたようですね」ランタンはもったいをつけて応じた。「まあ、それもひとつの投資法でして」そして、翌日再鑑定してもらう約束をとりつけて、店をあとにした。

通りに出て、ヴァンドーム広場の記念柱を眺めていると、それが宝の棒[4]のように思えてきて、ふとそこによじのぼってみたくなった。ひどく身軽になった気がして、記念柱のてっぺんにそびえているナポレオン像だって、ひらりと跳びこすことができそうに思える。

昼食をとるためにヴォワザン[5]に入り、一本二十フランのワインを飲んだ。それから、辻馬車をひろってブローニュの森をひとまわりした。立派な馬車が行き交うのを見くだすように眺めながら、道ゆく人々に向かって、《おれだって金持だ。二十万フラン持ってるんだからな！》と叫びたかった。

　役所のことを思いだした。そのまま馬車を内務省へ向かわせ、決然と課長の部屋のドアを開けて、こう告げた。「課長、辞表を提出しにまいりました。じつは、三十万フランの遺産を相続したもので」かつての同僚たちのところへ行き、別れのあいさつを交わすと、新しい生活の計画を語った。夕食はカフェ・アングレ[6]でとった。

　いかにも上品そうな紳士がわきに坐っていた。ランタンはつい見栄をはりたくなって、四十万フランを相続したところだと紳士にうちあけた。

　芝居を観に行ったが、生まれてはじめて退屈しなかった。その晩は街の女たちを相手に過ごした。

4　祭りなどで立てられる棒。上に賞品や菓子が吊してあり、参加者はよじのぼってそれをとる。

5　ヴァンドーム広場にほど近いモーリス・バレス広場にあったレストラン。ブルゴーニュワインのストックで知られ、上級公務員の顧客が多かった。

6　二区、イタリアン大通りとマリヴォー通りの交叉する地点にあった高級レストラン。二階に多くの個室を備え、顧客には作家や上流階級の者が多かった。

半年後、ランタンは再婚した。二度めの妻はとても身持はよかったものの、ひどく気むずかしい女性で、ランタンは大いに悩まされた。

遺産

L'HÉRITAGE

カチュール・マンデス[1]に

I

まだ十時まえであるのに、パリのあちらこちらから職員たちが海軍省[2]の正面玄関に急ぎ足でつめかけていた。昇進をひかえて誰もが発奮する時期、すなわち一月一日が迫っていたからだ。広大な建物に足音がせわしなく響きわたる。まるで迷宮のように曲がりくねった建物の内部は、入りくんだ廊下が縦横に走り、事務室に通じるドアが数多《あまた》ならんでいる。

職員たちはそれぞれ自分の部屋に入ると、先着の同僚と握手をかわし、モーニングコートを脱いで古い仕事着に着替え、山積みの書類が待ちうける机のまえに腰かける。やがて、となりの部屋に情報収集に出むいて、あれこれと尋ねる。課長は来ているか、そのご機嫌はどうか、さらに郵便物はどっさり届いているか、などといったことだ。

〈一般器材課〉文書係のセザール・カシュラン氏は、年功により主任となった海兵隊の下士官あがりの人物で、大臣官房の受付が持ってきた書類を残らず大きな帳簿に書きとめていた。その向かいには、謄本係のサヴォンの親父《おやじ》がいる。ぼんくらな老人で、夫婦仲の悪いことは省内にも知れわたっており、課長からまわってきた公用文書をゆっくり書き写している。いかにもベテランの筆耕らしく、硬直したように身体も目も横に向けたまま、一心に仕事に励んでいる。

でっぷりと太ったカシュラン氏は、短く刈りこんだ白髪のせいで、まるで頭にブラシでものせているかのようだ。いつもの単調な仕事を片づけながら、むだ口をたたい

1 高踏派のフランスの詩人（一八四一～一九〇九年）。当時、小説家・劇作家としてもよく知られていた。

2 コンコルド広場に面し、広場の北側右手の建物が旧海軍省の庁舎。二〇一五年まで海軍参謀本部が使用していた。なお、一八七二～七八年までモーパッサンはここの職員だった。

ている。「トゥーロン[3]からの文書が三十二通か。ほかの軍港を四つ合わせたくらい送ってきやがる」それから、サヴォンの親父に向かって、毎朝おきまりの質問をする。「どうだい、サヴォンの親父さん、奥さんは元気かね？」

老人は仕事の手を休めずに答えた。「ご存じでしょ、カシュランさん、それを訊《き》かれるのがいちばん辛いんですよ」

相も変わらぬ返事がかえってきて、これまた毎度のことながら、カシュラン氏は笑いだした。

ドアが開いて、マーズ氏が入ってきた。やけにしゃれた身なりをした、黒っぽい髪のハンサムな青年で、容姿からしても物腰からしても、自分はもっと上の地位に就いていてしかるべきだと思っている。大きな指輪をいくつもはめ、懐中時計の太い鎖を垂らし、片眼鏡《かためがね》をかけている。仕事中ははずしているところをみると、だて眼鏡にちがいない。しきりに手首を動かすのは、ぴかぴか光る大きなカフスボタンを見せびらかすためだろう。

部屋に足を踏みいれるなり、マーズ氏は尋ねた。「仕事はたんまりあるのかな、きょうは？」カシュラン氏は答えた。「ああ、あいかわらずトゥーロンからのやつがね。新年が近いから、むこうの連中も張りきってるんだろう」

そこへ、才人気どりで冗談好きのピトレ氏が現れ、にやにやしながら訊いた。「おやおや、それじゃあこっちは張りきっていないってわけかな？」

それから懐中時計をとりだして、こう言った。「十時七分まえなのに全員お揃いときているんだから、びっくりしたね。さあて、どうしたことかな？　ルサブルの閣下にしたって、われらの課長同様、九時には登庁してるんだろうな」

文書係のカシュラン氏は書く手を止め、ペンを耳にはさんで、机に肘をついた。「そうだな、あの手の男が出世しないとしたら、努力不足のせいじゃないことは確かだ」

ピトレ氏はテーブルの端に腰かけ、脚をぶらぶらさせながら応じた。「いや、出世しますよ、カシュランさん。まちがいなくあの男は出世する。十年以内に課長にならなかったら、一スーにたいして二十フラン[4]賭けてもいいくらいだ」

3　フランス南東部の地中海に面した軍港都市。ほかの四つの軍港とはブレスト、シェルブール、ロリアン、それにロシュフォール。

ストーブで腿《もも》をあたためながら、手で煙草《たばこ》を巻いていたマーズ氏が口を挟んだ。「くだらない。やっこさんみたいにあくせく働くくらいなら、年俸《ねんぽう》二千四百フランで一生暮らすほうがましだと思うがね」

ピトレがふり返り、ひやかすように言った。「そうかな、そう言うきみだって、十二月二十日のきょう、ちゃんと十時まえに出勤してるじゃないか」

しかし、相手はけろりとした顔で肩をそびやかした。「そりゃあ、ぼくだって人に追い越されるのはいやだからな。きみが明け方に出勤するんなら、ぼくだってそうするさ。たとえ、きみの精勤ぶりを苦々しく思っていたとしてもだ。もっとも、ルサブルみたいに上司を課長さんと呼んだり、六時半まで居残ったり、家まで仕事を持ち帰ったりするようなまねはちょっとできないがね。だいいち、ぼくは社交界に出入りしているから、いろいろ義理もあって、けっこう忙しいんだ」

カシュラン氏はさきほどから手を休めたまま、ぼんやりと前方を見やってもの思いに耽《ふけ》っていたが、ようやく口を開いた。「あの男、今年も昇進すると思うかね?」

ピトレが大声で言った。「そりゃあ、まずまちがいなくするでしょうよ。なにしろ、あのとおり抜け目のないやつだから」

やがて、話題は相も変わらぬ昇進と賞与の問題に移った。ここひと月ほど、この役人どもの巨大な巣の、それこそ一階から屋上にいたるまでが、この話題でもちきりだった。

誰しも昇進の可能性を推測したり、給料の額を思いえがいたり、肩書を秤《はかり》にかけて検討したり、不公平な措置が講じられる場合を予想して憤慨したりしていた。前日なされた議論がまたむし返された。同じ理屈、同じ論拠、そして同じ文句で、おそらく翌日もくり返されることだろう。

またひとり、職員が入ってきた。小柄で、病人のように蒼白い顔をした、ボワセル氏である。さながらアレクサンドル・デュマ・ペール[5]の小説を地で行っているような人物で、この男にかかると万事が怪事件となる。毎朝のように、同僚のピトレに向かって、前夜経験した奇怪なできごとを話して聞かせる。どうやら、自宅が事件に巻

4　一スーは二十分の一フラン、すなわち五サンチームに相当。日本円にすれば、五十円にたいする二万円といったところか。

5　フランスの小説家・劇作家（一八〇二〜七〇年）。『アントニー』『ネールの塔』などのロマン派劇、『三銃士』『モンテ＝クリスト伯』などの長篇小説で知られる。

きこまれているらしいんだ。夜なかの三時二十分、通りで叫び声がするんで、思わず窓を開けてみたよ、といった調子だ。この男の話を聞いていると、連日のように、殴りあいをしている者の仲裁に入ったり、暴走する馬を止めたり、危機に瀕《ひん》した婦人を救ったりしているように思えてくる。身体は情けないほど貧弱なくせに、自信たっぷりに、腕力を行使した手柄話を長ながと語るのである。

ルサブルの噂をしているのだと知るや、ボワセルはこう言いはなった。「いずれ、あの生意気な若造をとっちめてやる。こっちを出し抜くようなまねをしてみろ、そしたら二度とそんな気を起こさないよう、こっぴどくやっつけてやるからな」

あいかわらず煙草をふかしながら、マーズがうす笑いを浮かべて言った。「だったら、いずれと言わず、早速きょうから始めたらどうだ。確かな筋から聞いたところじゃ、今回きみのポストはルサブルにとって代わられるそうだが」

ボワセルはこぶしを振りあげ、「いや、誓って言うが……」

またドアが開き、小柄な青年が姿を現した。海軍士官か弁護士のような頰ひげを生やし、やけに高いカラーをつけている。のんびり用件をつたえている暇はないとばかりに、いつも早口で話す男で、気ぜわしげにそそくさと部屋に入ってきた。せわしなく一同と握手を交わすと、文書係に近づいて、「カシュランさん、シャプルーの書類を出してもらえませんか。一八七五年、略号Ａ・Ｔ・Ｖ、トゥーロン港、麻縄にかんする書類です」

カシュランは立ちあがって、頭上の整理箱に手をのばし、そこから青いファイルに入ったひと束の書類をとりだすと、相手にさしだした。「こちらです、ルサブルさん。ご存じとは思いますが、きのうの夕方、課長がこのなかから三通ほど公用文書を抜いていかれましてね」

「ええ、ぼくの手もとにあります。ありがとうございます」

そう言って、青年は急ぎ足で出ていった。

ルサブルが部屋を出ると、さっそくマーズが言った。「まったく、きざっぽいやつだ。もう課長になった気でいやがる」

するとピトレがこう応じた。「まあまあ、やつはわれわれより先に課長になるんだからな」

カシュラン氏はふたたびペンをとろうとはせず、なにやらじっと考えこんでいるようだった。やがてまた口を開いて、「前途有望ってわけか、あの青年は」

それを聞いて、マーズが嘲《あざけ》るようにつぶやいた。「まあ、一生役所勤めをする連中にとっては、そうかもしれないな。――もっとも、そんなつもりのない者にとっちゃ、たいして……」

ピトレが遮《さえぎ》って、「じゃあ、きみは大使にでもなるつもりか？」

相手はいらだたしげな身振をまじえて、「べつに自分のことを言っているわけじゃない。ぼくにとっちゃ、どうでもいいことだからな。役所の課長になったところで、そんなに大騒ぎするほどのことでもあるまいし」

謄本係のサヴォンの親父は、その間も手を休めなかった。ところが、さきほどから何度もペンをインク壺に浸《ひた》しては、小瓶に巻いてある、水を吸ったスポンジにしきりになすりつけているだけで、いっこうに文字を書けずにいる。黒い液体はペン先から垂れ、紙の上に丸いしみをつくるばかりだ。サヴォンは落胆し途方にくれて、これで何枚めになるのか、また書きなおさねばならない謄本を見つめていたが、悲しげな声でつぶやくように言った。

「やれやれ、また不良品のインクだ」

いっせいに大きな笑い声がひびいた。カシュランは腹で机を揺すって笑い、マーズは腰を曲げ、まるでうしろ向きに暖炉へ入ろうとしているかのようだ。ピトレは床を踏みならし、咳《せ》きこみながら、右手を濡らしてしまったみたいに振りつづけている。日ごろ、なにごとも悲観的に考えがちなボワセルまでもが、息が詰まるほど笑いころげている。

ところがサヴォンの親父は、ようやくフロックコートの裾《すそ》でペン先をぬぐうと、こう言った。「なにがおかしいんでしょうかね。こっちは、二度も三度も仕事をやりなおさなけりゃならんのですよ」

サヴォンは紙挟みから新しい紙を抜きとって、罫線《けいせん》を引いた下敷にあわせ、「大臣閣下殿　拝啓……」と冒頭の文句を書きはじめた。こんどはペンにインクがのって、きれいに文字を書くことができた。老人はまた横向きになって、筆写をつづけた。

ほかの連中は、まだ苦しそうに身をよじって笑いころげていた。半年まえからこのいたずらをつづけているのに、当の本人はまったく気づいていないからだ。ペンを拭《ふ》くための湿ったスポンジに、油を数滴たらしておいたのである。ペン先に油がついて、インクがのらないわけだ。謄本係の老人は、何時間も驚いたりぼやいたりしながら、数ケースのペン先とインク瓶のいくつかを使いきり、あげくには、役所の備品は欠陥品ばかりになっちまったなどと言うのだった。

それでも、とにかく職務をはたすことにこだわって、四苦八苦しながら仕事をつづけていた。同僚たちは老人の煙草に猟銃用火薬をまぜたり、ときおり老人が飲む水差の水に薬品を入れたりした。こうして、パリ・コミューン以来[6]、多くの日用品の質が低下したのは社会主義者のせいであり、やつらは現政権にけちをつけ、革命を起こそうとしているのだと思いこむようになった。

そんなわけで、サヴォンの親父は無政府主義者をひどく憎悪していた。いたるところに無政府主義者は身を潜め、待ち伏せしている。そう思うと、得体の知れない、恐るべき未知の相手にたいして、言いようのない恐怖を感じるのだった。

突然、廊下にベルの音が鳴りひびいた。このけたたましいベルは、課長のトルシュブフ氏が鳴らしたものだ。一同はドアに駆けつけ、各自の部署にもどった。

カシュランはふたたび記載をはじめたが、しばらくするとまたペンを置き、頭をかかえて考えこんだ。

しばらくまえから心にわだかまっているある問題について、あれこれ思いをめぐらしていたのだ。海兵隊の下士官だったカシュランは、セネガルで一度、コーチシナで[7]

二度、つごう三度の負傷をして退役となり、格別のはからいで海軍省へ入ったものの、長い下っ端役人の生活で、惨《みじ》めな思い、つらい経験、失望や落胆をさんざん味わわされてきた。それだけに、この世では権威ほど、つまり役人の権威ほど尊《とうと》ぶべきものはないと考えていたのだろう。課長は、自分より一段上の世界に住む例外的な人間であるように思えた。「あいつは抜け目がないから、出世も早いよ」などとある職員が噂されているのを聞くと、そういう人物は生まれつき自分とはあらゆる点で異なっているように思えたのだ。

だから、同僚のルサブルにたいしては、崇拝に近いほどの絶大なる敬意をいだいていた。つねづね自分の娘をこの男に嫁がせたいとひそかに願っていたのである。

6 普仏戦争停戦下の一八七一年三月十八日、プロイセン軍の包囲するパリに樹立された革命的自治政権。史上初の労働者政権とも言われているが、プロイセン軍の支援を受けた政府軍との「血の一週間」と呼ばれる大激戦ののち、わずか七十二日で崩壊した。

7 ヨーロッパ人によるベトナム南部の旧称。コーチシナのさす地理的範囲は時代によって異なるが、一八七〇〜八〇年代にかけて、ベトナム南部をさすのが一般的となった。一八八七年にはフランス領インドシナ連邦が成立し、ベトナムはトンキン（北部）、アンナン（中部）、コーチシナ（南部）に三分された。

娘はいずれ金持に、それも大金持になるはずだった。そのことは省内に知れわたっていた。カシュランには独身の姉がいて、このマドモワゼル・カシュランが正真正銘、きっかり百万フラン［約十億円］もの大金を所有していたからである。噂では、色街ではたらいて得たやましい金だが、その後、本人の信仰心によって浄化されたのだとささやかれていた。

老嬢は五十万フラン貯めこんでその稼業から足を洗い、猛烈な倹約と、質素に徹した暮らしぶりで、十八年間でそれを倍以上にした。だいぶまえから、妻を亡くしてひとり娘のコラリーと暮らす弟の家に住んでいた。だが、一家の出費にはこれといって貢献することもなく、弟にいつもこうくり返すばかりだった。「いいじゃないの、あの娘《こ》のためなんだから。でも、早く結婚させておくれ。姪の子どもの顔が見たいんだよ。血をわけた子どもに接吻する喜びを味わわせてくれるのは、あの娘だけなんだから」

そうした事情は省内にも知れわたっていて、求婚者にはこと欠かなかった。たとえばマーズがそうだ。役所の花形、あの色男のマーズは、露骨なほどカシュランの周囲をうろちょろしているとのことだった。とはいえ、下士官あがりで、世界のあちらこちらをめぐり歩いた古狸《ふるだぬき》のカシュランは、前途有望な青年を望んでいた。将来課長となり、もと下士官のセザール・カシュランに敬意を表してくれるような青年。となると、ルサブルがまさにうってつけだった。そんなわけで、前まえからルサブルを自宅に呼ぶ手だてを考えていたのである。

いきなり、カシュランはもみ手をしながら立ちあがった。うまい手を思いついたのだ。

カシュランは人間の弱点をよく心得ていた。ルサブルを手なずけるには虚栄心を、職業上の虚栄心をくすぐるにかぎる。あの男に力添えを乞《こ》うことにしよう。上院議員や代議士、あるいは政府の高官にたいしてそうするように。

ここ五年ほど昇進がなかったから、今年こそカシュランはそれがあるだろうと思っていた。ルサブルの口ききで昇進したように思わせ、その返礼として夕食に招待すればいい。

そうした計画を思いつくと、さっそく実行に移すことにした。衣裳戸棚から通勤着をとりだすと、古い仕事着を脱いで着替えた。ルサブルの仕事に関連した記載済の書類をことごとく携《たずさ》えて、その執務室に向かった。日ごろの精勤ぶりと職務上大きな権限があたえられていることもあって、特別のはからいにより、一室をあてがわれていたのである。

若者は大きな机で書きものをしていた。机の上にはファイルがいくつも広げられ、赤や青のインクで番号のうたれた書類が散乱している。

文書係が入ってくるのを見ると、ルサブルは敬意のこもった親しげな口調で言った。

「これはこれは、たんまり仕事をお持ちくださったようで」

「まあね、ご覧のとおりですよ。ところで、ちょっとお話ししたいことがありまして」

「どうぞお掛けください。伺いましょう」

カシュランは腰をおろすと、軽く咳《せき》ばらいをしてから、もじもじしながらためらいがちな声で言った。「じつはですね、ルサブルさん。まわりくどい言いかたはやめ、兵隊あがりの人間らしく単刀直入に申しあげますが、ひとつお力添えをお願いしたいのです」

「と言いますと？」

「ようするに、今年はなんとしても昇進したいのですよ。ところが、わたしにはうしろ楯《だて》になってくれるような人はおりません。それで、あなたのことが頭に浮かんだという次第でして」

ルサブルは驚いて、いくらか顔を赤らめた。図らずも自尊心をくすぐられ、まんざらでもないといった顔つきだったが、まずはこう返事した。

「しかし、ぼくのような下っ端では。いずれ主任文書係になろうというカシュランさんに比べたら、ぼくなんかものの数じゃありませんよ。ですから、はたしてお役に立てるかどうか。ご承知のように……」

相手のことばをさえぎり、カシュランは敬服の念をこめて言った。「いやいや、そんなことはありません。課長もあなたには信頼を置いている。ひとことお口添えいただければ、それでいいんです。なにしろ、こっちはあと一年半で退職する身ですからね。正月に昇進がないとしたら、恩給は五百フランばかり少なくなっちまう。《カシュランのやつ、金に困ることはないだろう。姉が大金持なんだから》などと噂されていることは承知しています。事実、姉は百万フランもの金を貯めこんでいます。とはいっても、その百万フランは利子を生んでいるはずなのに、それは一銭もこっちの懐《ふところ》には入ってきません。みんなわたしの娘のために残してあるというわけでして。

ですが、娘は娘、わたしはわたしですからね。娘と婿は豪華な馬車に乗っているというのに、こっちは食うや食わずってことにでもなったら、それこそいい面《つら》の皮じゃありませんか。いかがです、こちらの事情をご理解いただけたでしょうか？」

ルサブルはうなずいた。「なるほど、仰《おっしゃ》るとおりかもしれません。お嬢さんがどんな相手と結婚なさるか、わかったものではありませんからね。それに、他人の世話にならずに暮らしていけるのであれば、それが何よりでしょう。とにかく、できるだけのことはしてみるつもりです。課長に話し、事情を説明します。場合によってはよく念を押しておきますから、どうぞお任せください」

カシュランは立ちあがり、同僚の両手をとって軍隊式に揺すりながら握手すると、口早に言った。「ありがとう、本当にありがとう。じゃあこれで、うまく……うまくことが運んで……」そこまで言うと、その先をつづけることなく、兵士あがりの者らしく規則ただしい足音を廊下にひびかせながら、出ていった。

そのとき、遠くからいらだたしげに鳴るベルの音を聞きつけて、カシュランは駆けだした。だれが鳴らしているのか、わかったからだ。課長のトルシュブフ氏が文書係を呼んでいるのだった。

一週間後の朝、カシュランは机の上に一通の封書を見つけた。以下のような文面だった。

拝啓

局長ならびに課長の推挙にもとづき、昨日、大臣は貴殿の主任文書係任命に署名されましたことを謹《つつし》んでお知らせ申しあげます。明日、正式な辞令を落手されると思いますが、それまではどうかご内聞に願います。

敬具

ルサブル

カシュランはさっそく若い同僚の部屋に駆けつけ、礼を言ったり、弁解したり、献身を誓ったり、とにかく、くり返し何度も感謝のことばを口にした。

ルサブルのことばどおり、翌日になると、ルサブルとカシュランの両名がそれぞれ昇進したことが伝えられた。ほかの職員はまたの機会を待たねばならなかったが、それでも、百五十フランから三百フランの賞与にはありつけるわけだった。

ボワセル氏は近ぢか、夜遅く街角でルサブルを待ち伏せし、その場で叩きのめしてやると豪語した。ほかの連中はなにも言わなかった。

つぎの月曜日、カシュランは役所に着くとすぐ恩人の部屋に出むき、もったいぶったようすでなかへ入ると、改まった口調で言った。「じつは、公現祭[8]にさいしまして、ささやかな夕食の機会をもうける所存でおるのですが、いかがでしょう、拙宅までお越し願えませんか。日どりはそちらのご都合にあわせますので」

青年はいささか驚いて顔をあげ、カシュランの目をじっと見すえた。それから、相手の思わくを読みとろうと、視線をそらさずに答えた。「弱りましたね、じつは……当分のあいだ、毎晩先約がありまして」

カシュランは親しげな口調でなおもつづけた。「まあまあ、お世話になっておきながら何のお礼もできないとなると、こちらとしても心苦しいわけでして。どうか、わたしや家族の顔をたててくださると思って、ひとつお願いしますよ」

ルサブルは当惑し、決心がつかないでいた。相手の腹づもりはわかっていたが、どう返事したものか迷っていたのだ。じっくり考える余裕はなかったし、諾否《だくひ》を決める暇もなかった。やがて、《夕食に行ったところで、なにかを約束するわけでもあるまい》と思い、承諾することにした。まんざらでもないといった顔で、つぎの土曜日に伺うことにすると告げ、笑いながらこうつけ加えた。「土曜だと、翌日早起きをしなくて済みますからね」

II

カシュラン氏はロシュシュアール通り[9]の高台に住んでいた。六階にある小さなアパルトマンで、ルーフバルコニーがついていた。ここからパリじゅうを見わたすことができた。部屋は三つあり、それぞれ姉、娘、そしてカシュラン自身が占有している。食堂は客間を兼ねていた。

ここ一週間、例の夕食にそなえてカシュランは忙しく動きまわった。家庭的で、しかも上品な料理を出さねばならないということで、献立については長らく論議をかさ

8　キリストの誕生を祝い、東方の三博士がその礼拝にやってきたことを記念する日で、一月六日。
9　パリ九区を南北に走る通りで、北端はモンマルトルの丘のふもとに達する。

ね、結局、以下のように決まった。卵のコンソメ、小海老《クルヴェット》とソーセージのオードブル、ロブスター、上等の鶏肉、缶詰のグリンピース、フォワグラのパテ、サラダ、そしてアイスクリームにデザート。

フォワグラは近くの豚肉製品店で買った。この店のフォワグラは一級品との折り紙つきだったからで、その陶製容器だけでも三フラン五十サンチーム〔約三千五百円〕もかかった。ワインは近所の酒屋に注文した。ふだん飲む赤ワインを量り売りで買ってくる店だ。大きな店で買わなかったのは、《小さな店だと、高級ワインはそうそう売れるものじゃない。となると、地下倉に長期間保存されているわけだから、味もよくなっているにちがいない》と考えたからである。

さて、準備に手ぬかりがないかどうか確かめるため、土曜日は早そうに帰宅した。ドアを開けてくれた女中はトマトより赤い顔をしていた。間に合わなかったら大変と昼からかまどに火をつけていて、その熱に一日じゅう顔をさらしていたからだ。おまけに、いくらか興奮していたせいもある。

カシュランは食堂に入って、あらゆるものを点検した。小さな部屋の真ん中に、緑色の笠をかぶせたランプの強い光をあびて、円《まる》いテーブルが白く、大きく、くっきりと浮かびあがって見えた。

四枚の皿には、姉のマドモワゼル・カシュランによって司教冠の形に折られたナプキンが載せてあり、その左右にホワイトメタルの食器が置かれ、さらに大小ふたつのグラスが並べてある。ざっと見て、なにかもの足りないと思ったセザール・カシュランは、「シャルロット！」と姉を呼んだ。

左手のドアが開いて、背の低い老女が姿を現した。カシュランより十歳ほど上で、ほっそりした顔はカールペーパーで縮らせた白い巻き毛で囲まれている。声はかぼそくて、いくら小柄で腰が曲がっているとはいえ、弱々しすぎるように思えた。動作は緩慢で、いくらか足を引きずるようにして歩く。

それでも若いころは、「なんてかわいい女だろう！」と噂されたものだった。いまは痩せこけた老婆になってしまい、昔からの習慣でめっぽう身ぎれいにしているものの、わがままで頑固、狭量で口うるさく、しかも怒りっぽかった。ひどく信心ぶかくなってしまい、過ぎし日の色恋沙汰などはすっかり忘れてしまっているようだった。

老女は言った。「どうしたの？」

「グラスふたつじゃ、あまり見ばえがしないと思ってね。シャンパンでも出したらどうかな……せいぜい三、四フランで済むだろうし、シャンパングラスもすぐ用意できるんだから。食堂の雰囲気ががらりと変わるよ」

シャルロットは言い返した。「そんなことにお金をかける必要があるかしら。もっとも、お金を出すのはあなたなんだから、どうでもいいけど」

セザールは迷っていたが、やがて自分に言い聞かせるように、《やっぱり、そうしよう。シャンパンがあったほうが、公現祭のお菓子だってぐっと引きたつだろう》と考えて、心を決めた。帽子を手にして階段をおりると、五分ほどして、瓶をかかえて戻ってきた。瓶の側面には、特大の紋章で飾られた大きな白いラベルが貼られていて、《シャテル＝レノヴォー伯爵家醸造、シャンパーニュ産発泡性ワイン》と書かれている。

カシュランは自慢げに言った。「たったの三フランだった。しかも味は保証つきだからな」

みずから戸棚からシャンパングラスをとりだすと、それぞれを席のまえに置いた。

右手のドアが開いた。娘が入ってきた。大柄で、肉づきがよく、薔薇色の肌をしている。青い目、栗色の髪の、いかにも健康そうな美しい娘だ。シンプルな服が丸みをおびたしなやかな身体の線をくっきりと描きだしていた。力強い声はさながら男のようで、神経にさわるような重々しい調子をおびていた。娘は子どものように手を叩いて叫んだ。「あら、シャンパンじゃない。嬉しい！」

父親は言った。「いいかな、たいへんお世話になったお客さまなんだ。せいぜい愛想よくしておくれ」

娘は《わかっているわ》と言わんばかりに、大声で笑いだした。

玄関のベルが鳴り、いくつかのドアが開いては閉じた。ルサブルが現れた。黒い燕尾服に白いネクタイ、手には白い手袋をはめている。そのフォーマルな装いを目にして、カシュランは大慌《あわ》てで出むかえた。まごつきながらも、相好《そうごう》をくずして言った。

「これはこれは。内輪のあつまりなので、こちらはご覧のように普段着姿ですが」

青年は、「ええ、わかっております。そういうお話でしたからね。しかし、夜外出するときは、燕尾服を着用することにしておりまして」と言って、頭をさげた。オペラハットを脇にかかえ、ボタン穴には花が挿してある。セザールは家族を紹介した。

「姉のマドモワゼル・シャルロットに、娘のコラリーです。うちではみんなコラと呼んでいます」

一同はおじぎをした。カシュランはつづけた。「わが家には客間がないので、いくらか狭苦しいかもしれませんが、まあ慣れっこになっておりまして」ルサブルは、「すてきなお部屋じゃありませんか」と応じた。

それから、ルサブルの帽子を預かってやったが、本人は手もとに置いておきたかったようだ。そして、すぐ手袋を脱ぎはじめた。

一同は腰をおろしたが、離れたところからたがいの顔を眺めているだけで、だれも口を開こうとしない。そこで、カシュランが尋ねた。「課長は遅くまで残っていましたか？　こちらは女性たちの手伝いをするため、早そうに帰宅したもので」

ルサブルは屈託のない口調で答えた。「いいえ、ぼくといっしょに帰りました。ブレスト港の防水布をどうするかで話しあう必要がありましたから。なかなか厄介な問題で、頭を悩ませることになりそうです」

カシュランは姉にも職場のことを知らせておくべきだと思い、そちらへ顔を向けて言った。「役所でなにか面倒な問題が発生すると、全部ルサブルさんにお願いするんだ。なにしろ課長の仕事を兼任しているような方だからね」

老嬢はていねいに会釈しながら言った。「ええ、承《うけたまわ》っておりますよ。たいそう有能なお方だってことは」

膝でドアを押しながら、女中が部屋に入ってきた。両手で大きなスープ鉢をささげ持っている。すると、主人が大声で言った。「さあさあ、それではテーブルへ。ルサブルさんはそちらへどうぞ。姉と娘のあいだですが、まさかご婦人が恐いというわけではないでしょうな」そして、夕食がはじまった。

ルサブルは努めて愛想よくふるまっていたが、それでも、いくらかうぬぼれや尊大さをのぞかせることがあった。横目で若い娘を盗み見ては、そのみずみずしさと肉感的な健康美に驚嘆した。弟の腹づもりを知って、マドモワゼル・シャルロットは精いっぱい応対に尽力し、月並な話題に終始したあたり障《さわ》りのないおしゃべりを続けていた。喜色満面のカシュランは大声でしゃべり、冗談をとばし、つい一時間まえに近所の酒屋で買ってきたワインをついだ。「ルサブルさん、このブルゴーニュでも一杯いかがですか。特級格《グラン・クリュ》づけというわけじゃありませんが、なかなかいけますよ。本場の蔵出しのワインですから。ええ、その点は請けあいますとも。むこうに友人がいて、その手づるで入ったものでして」

娘はなにも言わず、少し顔を赤らめて、いくらかはにかんでいた。若い男のとなりに坐って気づまりをおぼえながらも、その心中を忖度《そんたく》していた。

ロブスターが運ばれると、セザール・カシュランがおごそかに言った。「いよいよ、待望のお方のお出ましですぞ」ルサブルは笑いながら、ある作家がロブスターを《海の枢機卿》と呼んだことを話した。茹《ゆ》でるまえはロブスターは黒っぽい色をしていることを知らずに、枢機卿の赤い法衣と結びつけたのだろう。カシュランは大笑いして、「あはは、こいつは愉快だ」とくり返した。ところが、マドモワゼル・シャルロットはしかつめらしい顔で憤慨した。「その作家がどんなことを書いているのか知りませんけど、とにかく不謹慎ではないかしら。わたしだって、冗談がわからないわけじゃありませんよ。でも、わたしのまえで、神聖な職にあるお方を笑いものにするようなまねは慎《つつし》んでいただきたいわ」

老嬢に気にいられたいと思っていたので、この機会とばかりに、青年はカトリックを信仰していることを弁じたてた。宗教の偉大な真理をないがしろにする悪趣味な連中について語ってから、こう結んだ。「ぼくとしては、先祖代々の宗教を尊重し、崇《あが》めていきたいですね。その宗教にはぐくまれてきたのですから、死ぬまで信仰をまもっていくつもりです」

カシュランはもう笑わなかった。パンを指で丸めながら、「そうそう、そのとおりだ」とつぶやいた。そして、退屈な話題を変えることにした。日々、変わりばえのしない仕事をしている人間のひとりとして、自然に心に浮かんだことを尋ねた。「色男のマーズ君は今回昇進がなかったので、さぞやご立腹だったのではないかな？」

ルサブルは笑顔で答えた。「しかたないでしょうね。各人の仕事ぶりによって評価が下されるわけですから」それから、省内のことに話題が移って会話が盛りあがった。役所の同僚のこととなると、女たちはカシュランと同じくらいよく知っていた。毎晩のように、カシュランからその噂を聞かされていたからである。マドモワゼル・シャルロットは、ボワセルの語る怪事件やその夢想家めいたところから、この男に少なからぬ興味を抱いていた。コラ嬢のほうは、美男のマーズにひそかに関心を寄せていた。ふたりとも、本人たちの姿をいちども目にしたことはなかったのだが。

優越感の滲《にじ》む口調でルサブルは同僚の噂をしたが、まるで大臣が職員の評価でもしているようだった。

一同は話に耳をかたむけた。「マーズにも見どころがないわけではありませんが、出世を望んでいるなら、もっと仕事に精を出さなければだめですね。あの男は社交界や歓楽に目がないときているから、そのために仕事にうち込むことができないのです。そうした欠点がある以上、この先はおぼつかないと思いますよ。なかなか人望のある男ですから、課長補佐ぐらいにはなれるかもしれませんが、せいぜいそこまででしょうね。ピトレですか？　なかなか筆のたつ男です。その点は認めましょう。たしかに格調の高い文章を書けるのは否定しませんが、いかんせん内容がともなわない。何もかも上っ面《つら》だけなんです。重要な業務を任せるわけにはいかないでしょうが、賢明な上司がていねいに仕事を教えてやれば、きっと役に立つでしょう」

マドモワゼル・シャルロットが訊いた。「じゃあ、ボワセルさんはいかが？」

ルサブルは肩をすくめた。「いやはや、情けないやつでしてね。現実をあるがままに受けいれることができないから、荒唐無稽《こうとうむけい》な話をでっちあげるんです。まあ、使いものにならない男ですね」

カシュランは吹きだした。「となると、いちばんまともなのはサヴォンの親父ということかな」全員がいっしょになって笑った。

それから劇場や、今年上演された芝居が話題にのぼった。同僚を評するのと同じように自信たっぷりの口調で、ルサブルは劇文学について意見を述べ、劇作家をはっきりとランクづけし、作家それぞれの長所と短所を語った。自分はあらゆることに通じており、自分の判断にまちがいのあるはずはないと言わんばかりの口ぶりだった。

ローストチキンが出されて、それを食べおわった。セザールはフォワグラの陶製容器の蓋に手をかけ、中身がさぞや上等の品であるかのように、注意ぶかく慎重な手つきではずしてから、こう言った。「さあて、食べてみないことにはなんとも言えないが、味のほうはまずまちがいないでしょう。ストラスブールにいるいとこから送ってもらったものですからね」

みんなは陶製の黄色い容器に入ったフォワグラをありがたそうにゆっくりと味わった。ついでアイスクリームが出てきたが、これが大失敗だった。コンポート皿にはソース、スープ、それに透明な液体が載っているだけ。すでに朝の七時に菓子屋の小僧が届けにきたのだが、とりあつかいに不安をおぼえた女中が、そのさい頼んで容器から出してもらっていたのだ。

カシュランは落胆し、それを下げるように言いつけたが、公現祭のお菓子のことを考えてすぐに気をとり直した。そして、お菓子のなかに重大な秘密でも隠されているかのように、ものものしい手つきでそれを切りわけた。一同の視線はこの神聖なガレットの上にそそがれていた。切りわけた菓子は順ぐりにまわされ、自分の分をとるときには目を閉じることにした。

だれの菓子に豆が入っているのだろう？　みんなの口もとがほころんだ。ルサブル氏の口から「おや！」という驚きの声が洩《も》れたかと思うと、まだ菓子のついている白い大きなそら豆を親指と人さし指でつまみあげた。それを見てカシュランは拍手し、大声をあげた。「さあさあ、女王を指名して、女王を！」

王さまになったルサブルは一瞬ためらった。マドモワゼル・シャルロットを選んだら打算的だと思われはしないだろうか？　老嬢は気をよくするだろうから、その心をとらえて丸めこむことができるかもしれない。とはいえ、今回招待されたのはコラ嬢のためなのだと思いなおした。それなのに伯母を選んだりしたら、間抜けに見えるにちがいない。そこで、隣に坐る娘のほうを向いて、王さまの印である豆をさしだしながら言った。「それでは、お嬢さん、これを呈上いたします」このとき、ふたりは初めて顔を見合わせた。娘は「ありがとうございます」と言って、王さまの印を受けとった。

《じつにきれいな娘だ。すばらしい目をしているし、まったく健康そのものじゃないか》と青年は思った。

ぽんと大きな音がして、ふたりの女は肝をつぶした。カシュランがシャンパンの栓を抜いたのだ。シャンパンは勢いよく瓶から溢れて、テーブルクロスの上にこぼれた。それぞれのグラスが泡だつ液体で満たされると、主人が言った。「なかなか上物《じょうもの》みたいだぞ」グラスから溢れでるまえにルサブルが飲もうとしたのを見て、セザールが叫んだ。「王さまが飲む、王さまが飲むぞ！」すると、マドモワゼル・シャルロットもはしゃいで金切り声をあげた。「王さまが飲む、王さまが飲むわ！」

ルサブルはおちつき払ってグラスを空けると、テーブルの上に置いた。「ほら、ちゃんと飲みほしましたよ」と言うと、コラ嬢のほうを向き、「さあ、あなたの番ですよ、お嬢さん」

娘は飲もうとしたが、「女王が飲む、女王が飲むぞ」とみんながいっせいに囃《はや》した

10 ガレット・デ・ロワは公現祭に食べる円く平たいパイ菓子で、なかにそら豆か陶製の小さな人形をひとつ入れる。自分の取り分にそれが入っていた者が、その日の王さま役となる。短篇の『マドモワゼル・ペルル』にもこの菓子の登場するシーンがある。

てたので、顔を赤らめ、笑いだして、シャンパングラスをテーブルに置いてしまった。

夕食が終わるころには和気あいあいとした雰囲気につつまれ、王さまは女王に愛想をふりまき、慇懃《いんぎん》にふるまった。リキュールを飲み終えると、カシュランが言った。

「食卓を片づけて、スペースをひろげよう。雨が降っていなけりゃ、ちょっとルーフバルコニーに出てみませんか」もう暗くなってはいたが、眺めを見せたかったのだ。

ガラス戸が開けはなたれ、湿った空気が入ってきた。外は生あたたかくて、まるで四月のようだった。一同は食堂と広いルーフバルコニーとを隔てる踏み段をあがった。しかし、見えるのはぼんやりとした光ばかりだった。それが、あたかも聖人の頭を飾る光輪のように大都市の上にただよっている。ところどころにひときわ明るく見える光があって、カシュランが説明をはじめた。「ほら、あの輝いて見えるのがエデン[11]ですよ。こっちの明るい線が目ぬき通り《レ・ブルヴァール》。いかがです、はっきり見わけがつきませんか。昼間だと、ここからの眺めはすばらしいんですがね。まあ、ここほど景色のいい場所はめったにないでしょう」

ルサブルは鉄製の手すりに肘をついていた。そのかたわらで、ふいにコラは心を麻痺させる憂愁にとらわれ、無言のまま、ぼんやりと虚空《こくう》を見つめている。マドモワゼル・シャルロットは湿気を避けて部屋に戻った。カシュランはあいかわらずしゃべり続け、腕をのばして、廃兵院《アンヴァリッド》、トロカデロ宮殿[12]、エトワール広場の凱旋門のある方向をさし示した。

ルサブルは小声で訊いた。「いかがです、コラさん、高いところからパリを眺めるのはお好きですか?」

いきなり眠りから覚めたかのように、娘ははっとして答えた。「え……ええ、ことに夜は。自分たちの目のまえで、なにが起こっているのかって考えますから。ああした家々には、幸福な人々や不幸な人々が、いったいどれくらいいるのかしら。なにもかも見ることができれば、きっといろいろなことがわかるんでしょうけど」

11　パリ九区、ブドロー通りにあったエデン劇場。東洋の寺院ふうの建物で、その規模や美しさの点で、近くのオペラ座と競合していた。派手な照明、建物を飾る色ガラスで有名だった。その後、数度にわたって名前を変えるが、一八九五年に解体され、現在のロペラ＝ルイ・ジューヴェ小公園となる。

12　一八七八年の第三回パリ万国博覧会にさいして建設された。一九三五年にとり壊され、その跡地にシャイヨ宮が建てられた。

青年は身を寄せて、ふたりの肘や肩が触れあうほどになった。「月の光の下で見たら、きっと夢のように美しいのでしょうね」

娘はささやくように答えた。「ええ、まるでギュスターヴ・ドレ[13]の版画みたいだわ。パリの屋根の上をいつまでも歩きまわることができたら、どんなに楽しいかしら」

そこで娘に、趣味や、理想や、気晴らしについて訊いてみた。コラは臆することなく答えた。思慮ぶかく、分別をわきまえ、それでいて、ほどほどに夢想家の娘らしい答えかただった。ルサブルは良識に富んだ娘だと思った。あの丸まるとして締まった腰に腕をまわし、極上のブランデーをちびりちびりと飲むように、耳のすぐ近くの、ランプの火影《ほかげ》に映えるあのきよらかな頬にゆっくりと口づけしながら、いつまでも抱擁していられたらどんなに心地いいだろう。自分のすぐ近くに女がいることに、成熟した無垢の肉体にたいする渇望に、また、若い娘のえも言われぬ魅力にルサブルは心を奪われ、胸をときめかせていた。娘のかたわらで肘をついて、すぐ身近に娘を感じつつ、身体を触れあわせる陶酔感に浸りながら、何時間でも、幾晩でも、幾週間でも、ずっとそうしていられるように思えた。眼下にひろがる街は、燈火に照り映え、快楽と放蕩にみちた夜の生活をいとなんでいる。この巨大なパリを目前にしていると、詩的な感情に似たものが心を昂《たかぶ》らせるのだった。この大都市を支配し、その上を飛翔しているような気がしてくる。星に手の届きそうな高みからこの広大な都市を見おろし、そこに隠されたあらゆる情事、あらゆる卑俗な歓び、あらゆる月並みな欲望を眼下に眺めながら、毎晩、女のかたわらで、手すりに肘をつき、愛しあい、接吻を交わし、抱きあうことができたら、なんと甘美なことか。

およそ感動とは無縁の心の持主でも、あたかも心に翼が生えたかのように、夢想に誘われる晩があるものだ。おそらく、ルサブルはいくらか酔っていたのかもしれない。

カシュランはパイプをとりに行き、それに火をつけながら戻ってきた。「たしか、煙草はおやりにならないんでしたね。だからお勧めはしませんが、ここで一服するのは最高ですよ。もっと下のほうに住まなきゃならないとしたら、とてもじゃないがやっていけませんな。ここで暮らしていけるのも、この家が姉の持家だからです。隣あった左右の二軒とともにね。おかげで姉は相当な収入をあげてますよ。買ったとき

13 フランスの画家、版画家（一八三二〜八三年）。ラブレー、バルザック、ダンテ、セルバンテスらの作品、あるいは『聖書』の挿絵を描いたことで知られる。

はそれほど高くはなかったはずですが」そう言ってから、部屋のほうを向いて叫んだ。

「おーい、シャルロット、いくらでここを買ったんだっけ？」

　すると老嬢の甲高い声が返ってきたが、ルサブルにはとぎれとぎれにしか聞こえなかった。「……一八六三年に……三十五フラン……あとで建て……三軒の家……ある銀行家が……少なくとも五十万フランで転売して……」

　かつての武勲を自慢する老兵のように、シャルロットは得意げに自分の財産について語った。買った物を一つひとつ数えあげ、その後さまざまな申し出を受けたこと、値上がりして儲けたことなどを、ことこまかに話した。

　ルサブルはいたく興味をおぼえて向きなおり、いまはルーフバルコニーの手すりに背をもたせかけていた。ところが、あいかわらず話の断片しか耳に入ってこないので、そそくさと娘のそばを離れ、話をすべて聞くために部屋に戻った。そして、マドモワゼル・シャルロットのかたわらに腰をおろすと、家賃値上げの見込、有価証券や不動産に投資して得られる利益などについて、長ながと話しこんだ。

　青年は再訪を約束して、深夜に帰っていった。

　一カ月後、省内はジャック＝レオポール・ルサブルとセレスト＝コラリー・カシュラン嬢との結婚の噂でもちきりだった。

III

新婚夫婦は、カシュランやマドモワゼル・シャルロットと同じ階の、同じような間どりの住居に、借家人を追いだして住むことになった。

だが、ルサブルにはひとつ気にかかることがあった。コラへの遺産相続について、伯母はなんら確実な証文で保証してくれないことだ。もっとも伯母が言うには、神のまえで誓ってもいいが、ちゃんと遺言書は作成してあり、公証人のベロム氏のもとに預けてあるとのことだった。そればかりか、ある条件をつけてではあるが、全財産を姪に相続させることを約束していた。その条件を明らかにしてほしいと頼んでも、伯母は説明することを拒み、にっこりと笑いながら、べつにむずかしいことではないと答えるばかりだった。

信心ぶかい老嬢からそう言われ、その頑《かたく》なな態度は変わりそうにないとみて、ルサブルは意に介さないことにした。コラをたいそう気にいっていたし、結婚への欲求がそうした不安にまさっていたこともあって、カシュランのたび重なる要望に応じたのだった。

一抹の疑念が脳裡を去らなかったものの、ルサブルは幸福だった。そして、何ひとつ期待を裏切らなかった妻を愛していた。毎日が平穏に、単調に過ぎていった。数週間すると、既婚者のあらたな境遇にも慣れ、以前の模範的な役人ぶりを発揮していた。

一年が過ぎ、また正月がやってきた。ひどく意外なことに、今回は期待していた昇進がなかった。昇進したのは、マーズとピトレのふたりだけだ。ボワセルはカシュランに、夕方、この同僚ふたりが正面玄関を出たら、衆人環視のなかで叩きのめしてやるつもりだとこっそり告げた。むろん、口ばかりではあったが。

あれほど仕事に励んだのに昇進しなかった。そのことを気に病んで、ルサブルは一週間、ろくに眠れなかった。それでも懸命に働きつづけた。年に九カ月はヴァル＝ド＝グラース[14]の病院に入院する課長補佐のラボ氏に代わって、あれこれ仕事をひきうけ、朝八時半に登庁し、夕方六時半に帰途につく日々がつづいた。それでもまだ働き足りないというのか。これほど仕事をし、これほど職務に精励《せいれい》しても、だれからも感謝されるわけではない。ならば、なにも人一倍がんばって働くことはあるまい。努力が報われることはないのだから。それにしても、課長のトルシュブフ氏は自分を息子のように遇してくれているのに、今回の昇進にかんしては合点がいかない。事情をはっきりさせておく必要がある。課長に会って、直接訊《き》いてみることにしよう。

そこで月曜の朝、同僚が出勤してくるまえに、ルサブルはこのワンマン課長のドアを叩いた。

甲高い声がひびいた。「どうぞ！」ルサブルはなかに入った。

書類でおおわれた大きな机をまえに、小柄なトルシュブフ氏が、まるでその大きな頭を吸いとり紙に載せるようにして書きものをしていた。お気にいりの部下の姿をみとめると、こう言った。「おはよう、ルサブル。元気かね？」

青年は答えた。「おはようございます、元気にしております。課長さんはいかがですか？」

課長は書く手を止めて、肘かけ椅子をくるりと回転させた。地味な黒いフロック

14 パリ五区にある陸軍病院兼博物館。もとは修道院で、一七九三年以来、陸軍病院として使用されている。

コートにぴっちりと包まれたやせ細った華奢な身体は、革の背もたれのついた大きな椅子とは、いかにも不釣合いな感じがした。人目をひく、やけに大きなレジオンドヌール四等勲章の略綬《りゃくじゅ》が、それを佩用《はいよう》している人間にくらべて何倍も大きく感じられ、貧弱な胸で炭火のように赤くかがやいていた。巨大な頭はその胸を押しつぶさんばかりで、身体全体が、さながら茸《きのこ》のようにドーム形に育ったのではあるまいかと思えるほどだった。

顎がとがり、頬がこけ、目はとびだしている。とてつもなく大きな頭はうしろに撫でつけた白髪でおおわれていた。

トルシュブフ氏は言った。「まあ掛けたまえ。で、どんな用件かね」

いかなる部下にたいしても、艦長を自任するトルシュブフ氏は、軍隊式のきびしい態度で臨んだ。役所は巨大な船であり、フランス全艦隊の旗艦のようなものであると考えていたのだ。

いくらか興奮ぎみのルサブルは、やや蒼ざめた顔で、口ごもりながら言った。「課長さん、ぜひ伺いたいのですが、なにかわたしに落ち度でもあったのでしょうか？」

「いや、そんなことはないが、どうしてかね？」

「じつは、今年にかぎって例年のように昇進がなかったものですから、少々意外に思っている次第でして。厚かましいお願いではありますが、どうか残らずわたしの言い分を聞いていただけないでしょうか。もちろん、課長さんから過分の厚遇をうけ、望外の恩恵に浴していることは存じあげております。また、ふつう昇進の機会は、二年か三年に一度しかめぐってこないことも承知しております。とはいえ、こう申してはなんですが、同僚に比して、わたしは仕事量では四倍、時間では二倍ちかく役所のために貢献しているはずです。ですから、わたしの努力の成果と、その努力の報酬とを秤《はかり》にかけましたならば、成果より報酬のほうがずっと軽いことにお気づきになられることと思います」

あらかじめ言うべき文句をよく練っておいたので、われながら上出来だと思った。トルシュブフ氏は意外なおももちで、どう答えるべきか考えていた。やがて、いくぶんひややかな口調でこう言った。「本来、こうした問題は部下と議論すべきではないのだが、きみの精勤ぶりに免じて、今回にかぎり答えることにしよう」

「じつは、例年どおりきみの昇進を進言したんだ。ところが、局長はきみの名前をリストから除外した。結婚したことによって、きみには安楽な暮らしが約束され、しがない同僚たちには手の届きそうもない財産が保証されたという理由でね。ようするに、ある程度、職員それぞれの家庭状況を考慮に入れたほうが公平とは言えないかね？　いずれきみは金持になる、それも大金持にな。給料が年に三百フラン増えることなど、きみにとっては問題ではあるまい。しかるに、このわずかな昇給が一大事である連中もいる。まあ、そんなわけで、今回はきみの昇進を見送ることにしたのだ」

ルサブルは納得のいかぬまま、腹立たしい気分で退出した。

その晩、夕食のあいだ、妻にたいしてつれない態度をとった。妻はいつも明朗快活で、あまり気分にむらのない女性だったが、我の強いところがあって、こうと思ったことはけっして譲らなかった。結婚したてのころのように、官能的な魅力を妻に感じることはもはやなかった。あいかわらず妻は美しくみずみずしかったから、たえず欲情をかきたてられはしたものの、ときとして幻滅を、結婚生活のもたらす嫌悪感とでもいうべきものを感じないわけにはいかなかった。日常の陳腐な、もしくはばかばかしい些事《さじ》に追われて、朝の身づくろいはなおざりになり、生活にゆとりがないから、安ものの着古したウールの部屋着や、色あせたガウンを身にまとっている。貧乏じみた所帯で、ありとあらゆる雑事にかまける姿を間近に見せつけられては、結婚生活のメッキははげ、婚約時、傍目《はため》には華やかに見えて心惹《ひ》かれた新婚の暮らしも、色あせてしまった。

自宅が煙たく感じられたのは、入りびたるシャルロット伯母のせいもあった。伯母はあらゆることに口を出し、あれこれと指図をし、なにかにつけて小言をいわねば気が済まなかった。だれもが伯母の機嫌をそこねるのをひどく恐れていたから、じっと我慢するほかはなかったものの、内心の憤懣《ふんまん》は増大するいっぽうだった。

老人特有の足をひきずるような歩きかたで、伯母は部屋のなかを行ったり来たりしては、「あれをしてちょうだい、これもしてちょうだい」と甲高い声でひっきりなしに口を出す。

夫婦ふたりきりになると、ルサブルはいらいらして声を荒らげた。「きみの伯母さんにはがまんできない。うんざりだ。いいかい、もううんざりだよ」すると、コラはおちつき払って答えた。「だったら、どうしろと言うの、わたしに?」

夫はますますいきり立って、「こんな家族といっしょに暮らすのががまんならないんだよ!」

それでも、妻はあいかわらず平然と言いかえした。「そうね、それはわからないでもないけれど、遺産の件があるでしょ。だから、ばかなまねはしないでちょうだい。シャルロット伯母さんのご機嫌をとるのは、わたしばかりかあなたのメリットにもなるのよ」

そう言われると、ルサブルは返すことばもなく、口をつぐんだ。

ちかごろ、伯母はもっぱら子どものことしか頭になく、たえずそのことで夫婦を責めたてた。ルサブルを部屋の隅につれてゆき、声をひそめて言った。「わたしが死ぬまえに、あんたに父親になってもらいたいの。自分の跡つぎの顔が見たいのよ。コラが母親になれないはずはないわ。あの身体つきを見ればわかるもの。そもそも結婚するのは家族を増やすためだし、子孫をもうけるためでしょ。カトリックの教えでは、子どもの生まれない結婚は禁じられているじゃないの。そりゃあ、あんたたちはお金持じゃないし、子どもができればなにかと物入りも増えるでしょうよ。それはわかっているけれど、わたしがついているんだから、あんたたちに不自由な思いはさせないわ。わたしはルサブルの跡をつぐ子が欲しいの、どう、わかるでしょ」

結婚して十五カ月ほど経ったのに、依然として願いが実現しないため、伯母は疑いをいだき、しつこく急《せ》きたてるようになった。こっそりコラに助言をあたえもした。

伯母はかつてその方面で数々の経験を積んだ女であったし、必要とあれば今なおそうした経験を思いだすことができたから、まさに的を射た助言だった。

ところがある朝、伯母は気分がすぐれず、起きあがることができなかった。それまで病気などしたことがなかっただけに、カシュランはひどく動揺して婿の部屋のドアを叩いた。「至急、バルベット先生を呼びに行ってくれ。それから、都合により今日は役所を休むと課長に伝えてくれないか、たのむよ」

その日、ルサブルは悶々として仕事が手につかず、文書を書くことも、書類を検討することもできなかった。トルシュブフ氏は意外に思って尋ねた。「どうした、今日はぼんやりしているじゃないか、ルサブルくん」ルサブルはいらだちを隠せずに答えた。「じつは、課長さん、ひどく疲れておりまして。重病の伯母にひと晩じゅうつき添っていたものですから」

しかし、課長はひややかに言った。「カシュランくんがついているのだから、それで充分だろう。職員の個人的な事情により、課の秩序が乱されるのを放任しておくわけにはいかんな」

ルサブルは机の上に時計を置き、じりじりしながら五時になるのを待った。広い中庭の大時計が五時を知らせるや、逃げるように退出した。退庁時間きっかりに帰るのはこれが初めてだった。

激しい不安を感じて、わざわざ辻馬車で帰宅した。家へ着くと階段を駆けあがった。女中がドアを開けると、慌てふためいて訊いた。「容態は?」

「先生のお話では、とても弱っていらっしゃるそうで」

ルサブルは胸がどきどきして、呆然《ぼうぜん》と立ちつくした。「ああ、やっぱり!」

もしかしたら、このまま亡くなってしまうのかもしれない。

そう思うと、もはや病人の部屋に足を踏みいれる気になれず、つき添っているカシュランを呼んでもらった。

舅《しゅうと》はそっとドアを開け、すぐに姿を現した。暖炉のそばで団欒《だんらん》の夜を過ごすときのように、部屋着にトルコ帽という恰好だった。カシュランは声をひそめて言った。

「よくないな、ひどくよくない。四時から意識を失っている。午後に終油の秘跡を授けてもらったくらいでね」

そう聞いて、ルサブルは急に脚から力が抜けていくような気がして、腰をおろした。

「妻はどこですか?」

「病人につき添っているよ」

「医者はどう言っているんですか?」

「脳卒中だそうだ。回復するかもしれないし、今晩のうちに亡くなるかもしれないそうだ」

「なにかぼくにできることはありますか。ないようでしたら、病人の部屋に入るのは勘弁してもらいたいんです。そんな状態の伯母さんを見るのは忍びないので」

「いや、特にないから、帰っていい。なにか変わったことがあったら、すぐ人を呼びにやるよ」

ルサブルは自宅に戻った。なにやら部屋のようすが変わって見え、より広く、より明るくなったような気がした。とはいえ、じっとしてはいられないので、バルコニーに出た。

七月も終わりに近づいていた。巨大な太陽はトロカデロ宮殿のふたつの塔のあいだに沈もうとしているところで、延々とつづく屋根の上に炎の雨が降りそそいでいた。

空の裾《すそ》は鮮烈な赤に染まっているが、その上はくすんだ黄金色、ついで黄色、さらに光をまぶしたような淡い緑色をしている。そして頭上には、鮮やかな澄んだ青空がひろがっている。

さながら矢のように、目にもとまらぬ速さで燕たちが飛びかい、つかのま、朱色の空に翼で鉤形《かぎがた》の模様を描いている。どこまでもつづく家並や、はるかな田園の上には、火色の靄《もや》に似た薔薇色の雲が漂っている。そこかしこに鐘楼の尖塔や、あらゆる記念碑の先端部が神々しい姿でそびえていた。エトワール広場の凱旋門は、赤く染まった地平線に黒々と大きく浮かびあがって見える。廃兵院《アンヴァリッド》のドームは、あたかも天空からもうひとつの太陽が建物の背後に落ちてきたかのようだ。

ルサブルは両手で鉄の手すりをつかみ、酒でも飲むように空気を吸いこんだ。とび跳ね、大声をあげ、乱暴に身体を動かしてみたかった。小躍りしたくなるほどの歓びが胸に込みあげてきたのだ。人生は輝かしく、未来は幸福に満ちみちている。さて、これからどうしよう？ ルサブルは夢想にふけった。

背後で物音がして、ぎくりとしてふりむいたら妻だった。目は充血し、いくぶん頬が腫《は》れて、疲れきったようすだ。妻は額をさしだして接吻を受けると、こう言った。

「夕食はパパのところでいただくことにして、伯母さんにつき添っていましょうよ。わたしたちが食事しているあいだは、女中が看《み》てくれるそうだから」

ルサブルは妻のあとについて隣のアパルトマンに入った。

カシュランはもうテーブルに着いていて、娘と婿を待っていた。コールドチキン、じゃがいものサラダ、コンポート皿に盛った苺がサイドボードの上に置かれ、スープ皿からは湯気がたちのぼっている。

ふたりが席に着くと、カシュランが言った。「いずれこうした日が来るとは覚悟していたが、それにしても参ったな」その口調はいくらかそらぞらしく、顔には満足げな色すら浮かんでいた。そして、大食漢らしくがつがつと食べはじめ、鶏肉は文句のつけようがないし、じゃがいものサラダはさっぱりしていておいしいと言った。

しかし、ルサブルは胸が詰まり、じっとしていられない気分で、ほとんど食べなかった。耳をそばだてて隣室のようすを窺《うかが》っていたが、まるでだれもいないかのようにしんと静まりかえっていた。コラも食欲がないらしく、感情がたかぶって涙ぐんでおり、ときおりナプキンの端で目をぬぐっていた。

カシュランは尋ねた。「課長はなんと言っていた？」

ルサブルはくわしく報告しなければならなかった。舅がこまかいことまで知りたがり、何度もくり返させ、まるで一年も役所を休んでいたかのように、根ほり葉ほり訊いてきたからだ。

「姉が病気だと知って、みんな大騒ぎしたんじゃないのか?」そして、姉が亡くなってから、役所に出勤するときの晴れがましさや、自分を見る同僚たちの顔を思いえがいた。とはいえ、さすがに気がひけてこう言った。「なにも姉の身に不幸が訪れることを望んでいるわけじゃない。もちろん、いつまでも長生きしてもらいたいとは思っているさ。だが、万一のことがあったら、やっぱりみんな驚くんじゃないのかな。サヴォンの親父はパリ・コミューンのことなんか忘れちまうだろう」

苺を食べようとしていると、病人の部屋のドアが細めに開いた。三人はぎょっとして、思わず立ちあがった。小柄な女中が姿を現した。いつもと変わらぬ、おちつき払った愚かしげな顔で、静かに言った。「もう息をしていらっしゃいません」

カシュランは皿の上にナプキンを放りだすと、血相を変えて駆けつけた。コラもあたふたとそのあとに続いた。けれども、ルサブルはドアのそばに突っ立ったまま、夕陽の淡い光に照らされて蒼白く浮かびあがったベッドを遠くから窺っていた。寝床にかがみ込み、じっと病人のようすを調べている義父の背中を見ていると、いきなりその声が聞こえてきた。義父の声は遠くから、とても遠くから、まるで世界の果てからでも聞こえてくるように思われた。夢のなかで、驚くべきことが告げられているかのようだ。その声はこう言っていた。「だめだ！　もう息を引きとっているようだ」妻ががっくりと膝をつき、シーツに顔をうずめてすすり泣いているのが見えた。ルサブルは部屋に入ることにした。カシュランが立ちあがっていたので、白い枕の上にシャルロット伯母の顔が見えた。目を閉じたその顔は蒼白く、硬直し、げっそりと肉が落ちて、まるで蠟人形のようだった。

ルサブルは不安げに尋ねた。「亡くなったんですか？」

カシュランもじっと姉の顔を眺めていたが、その声でふりむき、ふたりは顔を見合わせた。努めて悲しげな表情をつくりながら、カシュランは「ああ」と答えた。だが、ふたりはひと目でたがいの胸のうちを読みとった。そして、理由もなく、ふたりは無意識のうちに握手を交わした。あたかも、今までの労をたがいにねぎらっているかのようだった。

それから、死亡にさいしてあれこれ処理すべきことがあるので、ふたりはすぐさまとりかかった。

医者を呼びにいくことと、まっさきに片づけねばならない用事をルサブルがひきうけた。

帽子をつかむと、ルサブルは階段を駆けおりた。早く往来に出てひとりきりになり、ひと息ついてからじっくりと考え、わが身の幸福をこっそりかみしめたかったのだ。

用事を済ませても、家には戻らなかった。通行人を眺め、夕暮どきの雑踏にまぎれて、自分も幸福な生活にあやかりたいと思い、大通りにでた。道ゆく人々に向かって、《おれには五万フランの年収があるんだぞ》と叫びたかった。そして、ポケットに両手をつっ込み、ショーウィンドーのまえで立ち止まり、高価な布地や、宝石類や、豪華な家具などを眺めながら、《その気になれば、いますぐにでも買えるんだ》とほくそ笑んだ。

たまたま葬儀屋のまえを通りかかったとき、ふと思った。《もし伯母が死んでいなかったら？　みんなの思いちがいだったとしたら？》

そうした不安をかかえながら、ルサブルは足を速めて帰途についた。

家に着くなり、「医者は来ましたか？」と尋ねた。

カシュランは答えた。「ああ、来たよ。死亡を確認し、届けも書いてくれるそうだ」

ふたりは死者の部屋に入った。コラは肘かけ椅子に坐って、あいかわらず泣いていた。もっとも、いまでは心痛もなくなり、悲しみも薄らいで、女性特有の涙もろさから、ただしくしくと泣いているだけだった。

部屋のなかに三人が揃ったところで、カシュランが声をひそめて言った。「女中も寝に行ったことだし、家具のなかになにか隠してないか調べてみるか」

さっそく、男ふたりは探しにかかった。引き出しをひっくり返し、袋のなかを探り、小さな紙きれも一枚一枚ひろげてみた。真夜中になっても、これというものは見つからなかった。コラはうとうとして、規則ただしく小さないびきをかいていた。セザールが訊いた。「夜が明けるまで、われわれもこの部屋にいるとしようか？」ルサブルは迷ったが、そうしたほうがいいと答えた。義父は部屋にとどまることに決め、「じゃあ、椅子を持ってこよう」と言った。ふたりは若夫婦の部屋にあるキルティング張りの椅子を二脚とりに行った。

一時間後、永遠に動かなくなった冷たい遺体をまえに、親子三人はそれぞれいびきをかきながら眠っていた。

明け方、女中が部屋に入ってきて、三人は目をさました。カシュランは目をこすりながら言った。「三十分ばかり、うとうとしちまったらしい」

だが、ルサブルはすぐわれに返って、こう言った。「ええ、そのようですね。ぼくはずっと起きていましたから。目をつぶっていましたが、それはただ目を休めるためでして」

コラは自分のアパルトマンにひきあげた。

ルサブルはさりげなく尋ねた。「公証人のところへ行って、遺言の内容を確認する必要がありますね。いつ参りましょうか？」

「そうだな……今朝はどうだい？」

「コラもいっしょに行ったほうがいいでしょうか？」

「連れていったほうがいいだろう。なんといっても、相続人だからね」

「じゃあ、したくをするように言ってきます」

ルサブルはそそくさと部屋を出ていった。

カシュランとルサブル夫妻が正式の喪服を着て、沈痛なおももちでベロム氏のもとを訪れたとき、事務所の扉はまだ開いたばかりだった。

公証人はすぐ三人を招じ入れ、椅子をすすめた。カシュランが口火をきった。「ご存じとは思いますが、わたしはマドモワゼル・シャルロット・カシュランの弟です。

こちらはわたしの娘と婿でして。じつは、きのう姉が他界いたしました。葬儀は明日おこなう予定です。姉の遺言書は先生が保管されているわけですね。そこで伺いたいのですが、姉は埋葬にかんしてなにか希望を表明しているでしょうか。あるいは、われわれになにか伝言が」

公証人は引き出しを開けて封筒をとり出すと、封を切り、一枚の書類を抜きだして言った。「こちらは遺言書の副本でして、いまお渡ししましょう」「もちろん正本とまったく同一の内容ですが、正本はこちらで保管しておかねばなりません」そう言ってから、公証人は遺言書を読みあげた。

下記署名のヴィクトリーヌ＝シャルロット・カシュランは、ここにわが遺言を表明する。

約百十二万フランにのぼる全財産については、これを姪セレスト＝コラリー・カシュランの結婚によって誕生する子どもたちに遺贈し、その長子が成年に達するまで、両親は利子による収益を享受できる。

子ども各人の取り分、およびその両親の生存中の取り分については、以下のように規定する。

姪に相続人が誕生するまえに遺言人が死去した場合、全財産は三年間公証人が管理し、この期間に子どもが生まれれば、前述の遺言者の意志はそのまま実行される。

しかしながら、遺言人の死から三年の間にコラリーに子どもが授からない場合には、財産は公証人の手によって貧窮者、ならびに以下の慈善団体に遺贈するものとする。

そのあとには団体の名前、数字、さまざまな指示や注意が延々とつづいていた。ベロム氏は読み終えると、ショックを受けて呆然としているカシュランにうやうやしくその書類を手わたした。

いくらか説明をつけ加えるべきだと思ったのか、さらにこう言った。「マドモワゼル・カシュランからこうした遺言状をつくりたいと初めて伺ったとき、あの方は血のつながった相続人が見たいとしきりに仰っていました。こちらからもいろいろ意見を申しあげたのですが、ご意向は宗教的な感情に立脚したものであるだけに、いささかも揺らぐことがありませんでした。つまり、子どもの生まれない結婚は、天から呪われている証《あかし》であるとお考えになっていたようでして。とうとうご意向を変えることができなかった点にかんしましては、こちらもはなはだ遺憾に思っている次第です」さらに、公証人はコラリーに笑顔を向けて言いそえた。「故人の切実な要望《デジデラトム》が早々に実現されることを信じておりますよ、わたしは」

三人は愕然《がくぜん》として、なにも考えることができないまま、事務所を辞去した。肩をならべ、おし黙ったまま、三人は帰途についた。恥ずかしいやら、腹立たしいやらで、まるでおたがいに盗みを働いたかのようだった。コラは伯母のつれない仕打に泣く気も失せ、悲しみはいっぺんに吹きとんでしまった。悔しさのあまり、蒼白の唇をかみしめていたルサブルは、とうとう舅に向かって言った。「遺言書を見せてくれませんか。自分の目で《デ・ヴィズュ》確認してみたいんです」カシュランが書類を手わたすと、さっそく読みはじめた。歩道で立ち止まり、通行人にぶつかりながら、経験にとんだ鋭い目で、ルサブルは丹念に文面を検《あらた》めた。少し先で、義父と妻はあいかわらず無言のまま待っていた。

しばらくして、ルサブルは遺言書を返しながら言った。「やられたよ。伯母さんにまんまと一杯くわされた！」

カシュランにしても、あてがはずれてむしゃくしゃしていたから、こう言い返した。

「冗談じゃない、子どもがいないのはきみの責任だろう！　姉が前まえから子どもを望んでいたことは知っていたはずだ」

ルサブルは返事をせず、ただ肩をすくめただけだった。

家に帰ると、おおぜいの人々が待ちうけていた。葬儀関係の仕事をしている連中だ。ルサブルはもうなにをするのも嫌になって、自宅に入ってしまった。セザールは声を荒らげ、自分にかまわなくともいい、さっさと仕事をかたづけてくれと言いはなって、遺体の始末に手間どるのを見まもっていた。

コラは自分の部屋に引きこもったきり、物音ひとつたてなかった。一時間ほどして、カシュランは婿の部屋のドアを叩いて言った。「なあ、レオポール、きみの考えを聞かせてくれないか。なんというか、たがいの諒解《りょうかい》が必要だからね。わたしはやっぱりそれ相応の葬儀をするべきだと思うんだが。役所の連中からなんと言われるかわからんしね。費用のほうはふたりでなんとか工面しようじゃないか。まだまだ希望は残されているわけだしな。結婚してまだそう長くたっていないし、よっぽど運が悪くないかぎり、子どもに恵まれるさ。そうとも、これからつくればいいだけのことだ。さあ、急ぎの仕事を片づけよう。きみは午後、役所へ行ってくれないか。こっちは死亡通知の宛名を書くから」

いまいましくはあったが、ルサブルは舅の言うことにも一理あると認めざるをえなかった。長いテーブルの両端にふたりは向かいあって坐り、黒い縁どりのある通知状の上書きを書いた。

それから昼食をとることにした。コラも姿を現したが、まるで自分の知ったことではないといわんばかりの気のない態度で、前日はなにも食べなかったこともあり、旺盛な食欲をしめした。

食事が済むと、コラはそそくさと部屋に戻った。ルサブルは海軍省に出かけた。カシュランはバルコニーに出て、椅子にまたがってパイプをくゆらした。夏の日の重苦しい太陽が無数の屋根に真上から照りつけ、ガラスの天窓のある屋根は火焔《かえん》のように輝いて、直視できないほどのまばゆい光を放っている。

カシュランはシャツ一枚になり、横溢《おういつ》する光に目をしばたたきながら、大都会の後方、さらには埃《ほこり》にけむる郊外の後方の、はるかに遠い緑なす丘陵を眺めていた。樹木におおわれた丘陵のふもとには、清冽《せいれつ》なセーヌ川がおだやかに洋々とながれているのだろう。川辺の緑陰で、草の上に身を横たえ、ただぼんやりと時を過ごしていられたら、さぞかし気持がいいだろう。焼けつくようなバルコニーの上でじっとしているより、よっぽどましではないか。遺言書のことが脳裡を離れず、カシュランは不愉快でたまらなかった。突然の災厄に、思いもよらない不運にみまわれて苦悩していた。長いあいだ大きな期待を寄せていただけに、苦悩はなおさら深く、しかも耐えがたかった。動揺を抑えられないときに、思いあぐねて進退きわまったときにそうするように、カシュランは大声で叫んだ。「ちくしょう、どうしたらいいんだ!」

背後の部屋から、葬儀屋の動きまわる音や、ひっきりなしに棺《ひつぎ》に釘を打ちつける音が聞こえてくる。公証人の事務所を訪ねてから、カシュランはいちども姉の顔を見ていなかった。

とはいえ、夏の陽ざしによって、徐々に心と身体があたたまり、しだいに気が晴れて快活な気分になってくると、さほど落胆する必要はないように思えてきた。どうして娘に子どもが生まれないと決めつけるのか?　結婚してまだ二年しか経っていないのだ。婿のルサブルにしても、小柄ではあるが体格はがっしりしているし、すこぶる健康で、まさに元気旺盛ではないか。そうとも、子どもができないはずがない。いや、是が非でもつくってもらわねば！

ルサブルは人目をはばかるように役所に入り、自分の執務室にすべり込んだ。見ると、机の上に《課長がお呼びです》と書かれた紙が置いてある。ルサブルは課長の高飛車な態度に腹を立てて舌うちしたものの、にわかに激しい出世欲が頭をもたげてきた。いまにみていろ、じきに課長になってやる。いや、もっと上までのぼりつめてやるぞ。

通勤用のフロックコートを着たまま、トルシュブフ氏の部屋に向かった。ルサブルはいかにもつらそうな、悲痛なおももちで部屋に足を踏みいれた。実際、その顔にはまぎれもない深い悲しみの色すら浮かんでいた。手ひどい幻滅をあじわった者の顔に見られる、あの激しい落胆の色だ。

あいかわらず課長は書類の上に身をかがめていたが、そのばかでかい頭をあげると、ぶっきらぼうに尋ねた。「午前中からずっと待っていたんだ。なぜ来なかったのかね？」ルサブルはこう答えた。「じつは課長さん、伯母のマドモワゼル・カシュランが亡くなりまして。その葬儀が明日おこなわれるのですが、ご参列のお願いもあってまいりました」

たちまちトルシュブフ氏の表情はやわらいで、いくぶん鄭重《ていちょう》な口調で言った。「そういうことなら、きみ、話はべつだ。礼を言うよ。いいから今日は帰りたまえ。いろいろ用事があるだろう」

しかし、ルサブルは仕事熱心なところを見せたかった。「お気遣いありがとうございます、課長さん。用事はぜんぶ済ませましたので、定刻まで勤めるつもりでおります」

そう言って、自分の部屋にひき返した。

すっかり噂はひろまっていて、職員という職員が弔辞を、というよりも祝辞を述べにきた。もちろん、ルサブルのようすを窺う目的もあったことは言うまでもない。同僚たちのあいさつや視線を、本人は俳優さながらの神妙な顔つきで受けとめ、驚くほど如才なくふるまった。「やけに慎重じゃないか」とだれかが言えば、「どのみち、内心じゃあ喜んでいるのさ」と言いそえる者もいた。

とりわけ遠慮がなかったのがマーズで、社交界に出入りしている者らしく、単刀直入に訊いた。「正確なところ、財産ってのはいくらあるんだ？」

ルサブルはまるで人ごとのように答えた。「いや、正確には知らないが、遺言書によれば百二十万フランくらいかな。それも公証人から聞いたんだ。葬儀にかんする条項で、われわれに伝えておくべきことがあってね」

おおかたの意見では、ルサブルは海軍省を辞めるだろうとのことだった。なにしろ六万フランの年収があるのだから、ばかばかしくて役所勤めなどしてはいられまい。ひとかどの人物になったわけだから、自分の好きなように生きればいい。国務院入りをねらっているだの、代議士に立候補するだのという噂が立った。課長はルサブルの辞表を待ちうけ、それを局長に届けるつもりでいた。

葬儀には役所の全員が参列したが、だれもが貧相な葬儀だと思った。けれども、こんな噂が伝わっていた。「あれはマドモワゼル・カシュラン本人が望んだことで、遺言書にそう書かれていたそうだ」

翌日から、さっそくカシュランは出勤した。ルサブルは、体調がすぐれないとのことで一週間ほど欠勤したのち、登庁してきた。いくらか顔色は蒼かったものの、精励《せいれい》恪勤《かっきん》の仕事ぶりは以前と変わらなかった。ふたりの生活に、何ひとつ変わったことなど起こらなかったように見えた。ただ、ふたりがこれ見よがしに太い葉巻をふかすようになったことや、いかにも懐に証券でも忍ばせている者らしく、よく金利、鉄道事業、人気株の話をするようになったのが目につくくらいだった。やがて、パリの郊外に夏を過ごすための別荘を借りたことがわかった。人々はこう思った。《やつらは亡くなった婆さんみたいにしみったれだ。あれは遺伝だろうな。まあ、類は友を呼ぶと言うし。とにかく、あれだけの財産がありながら役所勤めをつづけるんだから、見苦しいったらないな》

しばらくすると、だれもふたりのことなど考えなくなった。ふたりは見かぎられ、見切りをつけられてしまった。

Ⅳ

シャルロット伯母の葬式のあいだも、ルサブルはずっと百万フランのことを考えていた。口外することができないだけにいっそう鬱憤《うっぷん》は募り、この不運なできごとゆえに世間を恨めしく思った。

また、《結婚して二年になるのに、どうして子どもができないんだろう?》と自問することもあった。そして、このままずっと子どもに恵まれないのではないかと思うと、不安に胸が疼《うず》いた。

するると、つややかな高い宝の棒［25頁の註4参照］のてっぺんに吊してある賞品を見あげる少年が、気力と意欲をかたむけ、気迫をこめて粘りづよく、なんとしても賞品をもぎとろうと心に誓うように、ルサブルは悲壮なまでの決意をかためた。どうしても父親になってみせる。父親になった男などごまんといるのだから、どうして自分がなれないわけがあろうか？　いままで、そうしたことにまるで無頓着だったので、なにか怠っていたこと、気づかうべきこと、知っておくべきことがあったのかもしれない。痛切に跡つぎが欲しいと思ったことがなかったから、そのための配慮を欠いていたのだ。これからは必死の努力をしなければ。そうだ、できることは何でもやってみよう。なあに、その気になりさえすればきっとうまくいく。

ところが帰宅したところ、どうも気分がすぐれず、ベッドに横にならねばならなかった。失望があまりに大きかったので、その反動がきたのだ。

医者の診断では、容態は思わしくないとのことで、絶対安静を命じられた。その後も長期にわたって静養する必要がある。髄膜炎の虞《おそ》れがあるとのことだった。

それでも一週間後には起きあがって、役所に出勤した。

とはいえ、まだ体調は万全ではなかったので、夫婦の床に近づくのは控えていた。

自分の将来がかかっている戦闘を開始しようとする将軍のように、ルサブルはためらい、恐れおののいていた。そして毎晩、健康と充足感と精力に満ちあふれたかつての日々がまたやってこないものかと、翌日に期待をかけた。あのころはどんなことでもできそうに思えたものだ。ひっきりなしに脈をはかっては、弱すぎるか、あるいは速すぎるように思うと、強壮剤を飲んだり、生肉を食べたりし、仕事帰りには体力をつけるために長い散歩をした。

だが、思うように回復しないので、夏のあいだ、パリ郊外で過ごすことを考えた。

やがて、田園の空気は自分のような体質の人間には特効薬となるにちがいないと思いこむようになった。自分にとって、田園生活はすばらしい決定的な効果をもたらすことだろう。これで成功はまちがいなしと安堵して、声に含みをもたせながら、くり返し義父に言った。「田舎で暮らしたら、体調もよくなると思います。だいじょうぶ、万事うまくいきますから」

この田舎ということばは、ルサブルにはなかなか意味深長に思われた。

そこで、ブゾン[16]という村に小さな家を借り、そこに三人は移り住んだ。毎朝、男ふたりは野原をよこぎってコロンブの駅まで歩き、夕方になってから歩いて戻った。コラも、こうした穏やかな川べりの生活を楽しんだ。河岸へでかけて腰をおろし、花を摘み、大きな黄金色の野草の束を腕のなかで揺らしながら帰宅したりした。

毎晩のように、三人そろってモリュの堰《せき》まで川沿いを散歩し、レストラン菩提樹亭《レ・ティユル》に入ってビールを飲んだ。セーヌの流れは長い一列の杭によって堰《せ》きとめられ、幅百メートルにわたって、そのすきまから奔出し、跳ねあがり、湧きたち、泡だっていた。唸《うな》りをあげて落下する水は地を揺るがし、こまかな飛沫《しぶき》は湿り気をおびた水煙となって宙にただよい、軽い煙のように堰からたちのぼって、揉まれた水や攪拌《かくはん》された泥の匂いをあたりに撒きちらしていた。

日が暮れようとしていた。はるか前方の、ほの明るく見える広い一帯がパリだった。それを見ながら、毎晩のようにカシュランは口にした。「どうだ、たいした街じゃな

---

15 田舎 campagne には戦場、遠征の意味もある。
16 パリの北西十キロほどのところに位置する、セーヌ川沿いの村。コロンブはその対岸にある町。

いか！」ときおり、島の端[17]にかかる鉄橋を、轟音をあげながら列車が通過しては、左か右へ、すなわちパリか海の方角へ向かって消えていく。

三人はのんびり歩きながら帰途についた。月がのぼるのを眺めたり、堀割のそばに腰をおろして、やわらかな黄色い光がおだやかな川面《かわも》に落ちるのをゆっくりと見たりした。月光は水とともに流れ、さざ波にくだけて火色の波紋をひろげている。蟇蛙《ひきがえる》は金属的な短い鳴き声をあげ、夜鳥の鳴き声が空中を飛びかっている。ときどき、静かな、輝く川の流れを乱しながら、大きな物影が音もなく水面を進んでいく。密漁者の舟だ。ふいに投網《とあみ》が打たれたかと思うと、まるで川底から宝でもひきあげるように、獲物の入った黒い大きな網をそっと舟にひき寄せた。網のなかでは、銀色をした生きた宝、きらきらと光る川鯊《かわはぜ》が身を震《ふる》わせていた。

コラは感動して、夫の腕にやさしくもたれかかっていた。夫婦で話しあったわけではないが、夫の胸のうちはわかっていた。あたかも、あらたな婚約期間が、ふたたび愛撫を交わす好機が到来したかのようだった。おりをみて夫は、妻の耳もとの、うなじの始まるあたりをそっと愛撫した。生えぎわの髪が縮れている、やわらかな肌の、あの魅力的な部分である。妻は握った手に力を込めて、それに応えた。ふたりはたがいに相手を求めていたものの、まだ許しあおうとはしなかった。より強固な意志が、百万フランの幻影が、ふたりを思いとどまらせ、ひきとどめていたのである。

カシュランは、そうしたふたりのようすに希望を見いだして安堵し、大いに飲み、よく食べて、毎日が楽しかった。たそがれどきには、ふいに詩情がわきおこることすらあった。木の間《こま》に降りそそぐ陽光、川面を真っ赤に染めながら遠方の丘に沈みゆく夕陽。こうした田園の詩趣にとんだ光景をまえにすれば、どれほど鈍感な人間でもおぼえるような、たわいのない感動ではあったのだが。そして、「こういう光景を見ていると、神を信じたくなるな。このへんがきゅっとなるよ」と言って、みぞおちのあたりを示しながら、「どう言ったらいいのかわからんが、まったく妙な気分だ。無理やり泣きたい気持にさせられたみたいなね」

そうこうするうち、ルサブルはしだいに元気をとり戻した。かつて経験したことがないほど血気に逸《はや》って、若駒のように走りまわったり、草の上をころがったり、歓喜の叫びを発してみたくなった。

17　セーヌ川中にあるサン＝マルタン島で、モネが好んで描いたことでも知られる。

いよいよ時機が到来した。これから真の新婚の夜を迎えるのだ。

こうして、愛撫と希望にみちた蜜月がつづいた。

やがて、ふたりは努力が実をむすばなかったことを悟り、すっかり確信も揺らいでしまった。

惨憺《さんたん》たる結果に、落胆は大きかった。だが、ルサブルはくじけることなく、必死の努力をつづけた。妻の胸にも同じ願望が渦巻き、同じ不安が去来していたが、夫同様に意志を固めて、こころよく夫の努力に協力し、愛撫を求め、衰えがちな夫の情熱をたえず呼びさました。

十月の初旬、一家はパリに戻った。

夫婦の生活はぎすぎすしたものになり、棘《とげ》のあることばが交わされるようになった。そうした空気に気づいたカシュランは、いかにも兵隊あがりの男らしい、底意のある野卑な罵言《ばげん》を浴びせて、夫婦を責めたてた。

寝てもさめても、ある思いが三人につきまとって心をむしばみ、たがいの怨恨をかきたてた。遺産相続のめどが立たないことだ。いまや、夫にたいしてコラは高飛車に出て、邪険にあつかうようになった。青くさい若造、半人まえの青二才、とるにたりない木偶《でく》の坊といったあつかいだ。おまけに、夕食のたびにカシュランはくり返し言った。「自分が金持だったら、たくさん子どもをつくっただろうな……貧乏なら、そうはいかないが」それから娘のほうを向き、「おまえだってきっとそうするだろうが、いかんせん相手が……」と言いそえては、意味ありげな目で婿を見ながら、見くだすように肩をすくめた。

下賤《げせん》の者は相手にしないといった調子で、ルサブルはなにも言い返さなかった。役所では顔色がよくないと言われた。課長からもある日、こう訊かれた。「病気じゃないのかね？　いくらか以前と変わったように見えるが」

「そんなことはありません、課長さん。たぶん疲れているからでしょう。ご承知かと思いますが、このところかなり忙しかったもので」とルサブルは答えた。

年末には、大いに昇進が期待できた。それを当てこんで、模範的職員らしくふたたび仕事に励んでいたのである。

ところが、ほかの職員よりも少ない、雀の涙ほどの特別手当を受けとっただけだった。義父のカシュランにはそれすら出なかった。

心外に思ったルサブルは課長に会いにひき返し、初めてさんをつけずに言った。

「骨おしみせずに働いて、それでもなんら報いられないというんなら、課長、ばかばかしくてやってられません」

トルシュブフ氏の大きな顔に不快の色が浮かんだ。「まえに言ったはずだ、ルサブルくん、わたしは部下とその種の議論をするつもりはない。くり返して言うが、きみの要求は正当とは思えんのだ。ひと財産入ったわけだろう、きみの同僚たちの窮乏ぶりを考えたら……」

ルサブルはがまんできずに言い返した。「しかし、課長、まだ財産をうけとったわけではありません！　伯母が財産を残したのは、われわれ夫婦にではなく、われわれのあいだに生まれる最初の子どもにでして、わたしにしても義父にしても、月々の給料で暮らしているんです」

課長は意外な顔でこう言った。「まあ、現在のところは懐ぐあいが厳しいとしてもだ、いずれ金持になるわけだからな。けっきょく、同じことじゃないのかね」

ルサブルは引きさがったが、遺産を相続できないこと以上に、昇進しそこなったことが心に応えた。

数日して、カシュランが登庁すると、色男のマーズがにやにや笑いながら入ってきた。やがてピトレが目を輝かして現れた。ついでボワセルがドアを押し開いて入ってきたが、興奮したおももちで歩きながら、冷笑を浮かべ、意味ありげな目くばせを送っている。サヴォンの親父は陶製のパイプを口の端にくわえて、高い椅子に腰かけ、子どものように両足を横木にのせて、あいかわらず筆写をつづけている。

だれも口をきかず、じっとなにかを待っているかのようだった。カシュランはいつもどおり大声で読みあげては、書類に記載していった。「トゥーロン港、リシュリュー号に士官用食卓を供給。――ロリアン港、ドゥゼ号に潜水具。――ブレスト港、英国製帆布の試用！」

ルサブルが姿を現した。近ごろは毎朝、みずから書類を取りにやってくる。義父がもう使いはしりに届けさせなくなったからだ。

ルサブルが文書係の机の上にひろげられた書類のなかから自分に関係したものを探しているあいだ、マーズはもみ手をして離れたところからそれを眺めていた。ピトレは煙草を巻きながら唇に小じわを寄せて、いかにも愉快でたまらないといったようすだ。ピトレは謄本係のほうを向いて言った。「なあ、サヴォンの親父さん、あんたなら長年の経験で、世の中のことはいろいろ知っているだろう？」

妻のことをもちだしてまたからかわれるのではないかと思った老人は、返事をしなかった。

ピトレはつづけて言った。「子どもをつくる秘訣だって心得ているだろうと思ってね。だって、何人も子どもがいるんだから」

老人は顔をあげた。「よしてくださいよ、ピトレさん、そういう冗談は。たしかに、身持の悪い女と結婚したのは一生の失敗でした。ですが、浮気している証拠をつかんだとき、わたしは別れたんですよ」

マーズはにこりともしないで、さりげなく尋ねた。「その証拠とやらを、何度もつかんだのかい？」

サヴォンの親父は真面目くさって答えた。「ええ、そうなんです」

ピトレはなおも訊いた。「それでも、何人もの子どもの父親になったわけだ。三人、いや四人だったかな？」

老人は顔を赤らめ、口ごもりながら言った。「ピトレさん、わたしに嫌みを言ったって、どうってことはありませんよ。たしかに女房は三人の子どもを産みました。最初の子はわたしの子にまちがいありません。そう信じる理由がありましてね。まあ、あとのふたりはちがいますが」

ピトレはつづけた。「そうだな、最初のはあんたの子だとみんな言っているよ。それでいいじゃないか。ひとりでも子どもがいれば。じつにりっぱで、じつに幸福なことだよ。そうそう、ルサブルだってあんたみたいに子どもが、ひとりでも子どもがいたら、どんなに喜ぶことか」

カシュランは記載の手を止めていた。日ごろからサヴォンの親父をもの笑いの種にし、その不幸な結婚生活について無礼な冗談を浴びせていたのだが、今回は笑う気になれなかった。

ルサブルは書類を集め終えていたが、自分が槍玉《やりだま》にあがっているのを知り、体面にかかわることなので、そのまま部屋にとどまることにした。気恥ずかしく、また腹立たしくもあって、いったいだれが自分の秘密を言いふらしたのかを知ろうとした。やがて、課長に話したことを思いだした。省内の笑いの的になりたくなければ、ここで毅然たる態度をしめす必要がある。

ボワセルはあいかわらずうす笑いを浮かべて部屋のなかを行ったり来たりしていたが、呼び売りの商人のしわがれ声をまねて、がなりたてた。「子どもをつくる秘訣はいかが、たったの十サンチーム、一スー硬貨二枚だ！　サヴォン氏が微に入り細にわたって伝授する子どもづくりの秘訣だよ、さあさあ、いかがかな！」

みんなは大笑いしたが、ルサブルとその舅だけは笑わなかった。するとピトレは文書係に顔を向けて言った。「おや、どうしました、カシュランさん？　きょうはやけに渋い顔をしてるじゃありませんか。さては、サヴォンの親父さんが奥さんに子どもを産ませたことがお気にめさなかったとみえる。おかしくてたまりませんけどね、ぼくは。だって、だれにもまねのできることじゃないでしょう」

ルサブルはまた書類をかき集めてそれを読み、なにも聞こえないふりをしていたが、その顔は蒼ざめていた。

ボワセルはふたたび香具師《やし》の口調をまねて始めた。「遺産を相続する子どものつくりかたが、たったの十サンチーム、一スー硬貨二枚だ、さあ、いかがかな！」

こうした冗談を得意としないマーズは、心中ひそかに抱いていた財産への望みをルサブルに横どりされた個人的な恨みもあって、単刀直入に尋ねた。「いったいどうしたんだ、ルサブルくん、やけに顔色が悪いようだが？」

ルサブルは顔をあげて、同僚をまともに見すえた。唇を震わせながら、気のきいた意趣返しの文句をさがしてしばらく言いよどんでいたが、思うようなことばが見つからないので、こう答えるにとどめた。「いや、なんでもない。きみたちがあまりにも口が達者なので、唖然《あぜん》としているだけだ」

マーズはあいかわらずストーブを背にしてフロックコートの裾を両手で持ちあげていたが、にやにや笑いながらつづけた。「だれにでもできるって話をしていたのさ。われわれにも、きみにもね。ところがどういうわけか、ときとして成功しないことが……」

どっと哄笑《こうしょう》が湧いて、ことばを遮った。サヴォンの親父はきょとんとしていたが、もう自分の話をしているのではなく、自分が笑われているわけでもないとうすうす気づくと、ぽかんと口を開けて、ペンを宙に浮かした。カシュランはことと次第によっては誰かれかまわず殴りつけてやろうと身がまえていた。

ルサブルはつぶやくように言った。「なんのことかな。ぼくがなにに成功しなかったというんだ?」

色男のマーズはフロックコートの片裾を放すと、その手で口ひげをひねりながら、慇懃《いんぎん》な口調で言った。「そうそう、いかなる企てであれ、きみは大概のことに成功する男だったね。失礼、きみをひきあいに出したのはまずかった。ようするに、サヴォンの親父さんの子どもが問題であって、きみの子どもじゃない。だって、きみには子どもがいないんだからね。ところで、万事そつなくやってのけるきみのことだから、子どもがいないということは、きみがそれを望んでいないというわけだな」

ルサブルは語気を荒らげた。「きみの知ったことか」

売りことばに買いことばで、マーズも声をはりあげた。「おいおい、どうかしたのか？　失礼じゃないか。それともなにか、ぼくに因縁をつけようってのか」

しかし、ルサブルは怒りに身を震《ふる》わせ、分別を失っていた。「マーズくん、ぼくはきみのように色男じゃないし、ハンサムでもない。たのむから、今後ぼくにことばをかけないでくれ。きみやきみの同類はもう相手にしないからな」そう言って、挑むような目でピトレやボワセルを見やった。

マーズは、沈着な態度と皮肉こそが真に有効であると悟っていたものの、すっかり自尊心を傷つけられたので、なんとか相手に一矢《いっし》を報いてやろうと考えた。そこで、目には怒りの色をたたえながら、相手を庇護するような、親切な助言者めいた口調でつづけた。「ルサブルくん、ちょっとことばかりことばが過ぎるぞ。まあ、きみの無念さ

はわからぬでもないがね。なにしろ、ひと財産をふいにするとあっては、そりゃ悔やんでも悔やみきれないだろう。しかも、なんでもない、ごく簡単で、ごく容易なことのためにね……そこでだ、なんなら、きみに代わってぼくがそのお役目をひきうけてやろうじゃないか。もちろん、友人としてやるわけだから、お代はいらない。もっとも、五分もあれば済むことだがね……」

マーズはまだしゃべりつづけていたが、ルサブルがサヴォンの親父のインク壺を投げつけ、それが胸の真ん中に命中した。顔じゅうがインクにまみれて、あっというまに黒人の顔のようになってしまった。目を白黒させながら、マーズは拳を振りあげて突進した。だが、カシュランが婿をかばって大柄なマーズを押さえつけ、突きとばし、揺さぶり、さんざん殴りつけてから、壁ぎわに投げとばした。マーズはやっとの思いで振りきると、ドアを開け、ふたりに向かって「いいか、覚えてろよ！」と叫んで退散した。

ピトレとボワセルがそのあとを追った。ボワセルは、自分が手出しをしなかったのは、乱闘になってだれかを殺してしまっては困るからだと弁解した。

部屋に戻り、マーズはすぐ顔を洗ったが、インクは落ちなかった。顔は濃紫《こむらさき》色に染まったままで、消えない、落ちないというインクの宣伝文句どおりだった。憤慨し、みじめな思いで鏡のまえに立ちながら、タオルを丸めてごしごしと顔を擦《こす》ってみた。ところが、充血して肌は赤みをおび、いっそう目立つ黒っぽい色になった。

　ボワセルとピトレがやってきて、あれこれ助言をあたえた。ピトレによれば、純正のオリーブオイルで顔を洗うのがいいという。ボワセルはアンモニア水が効果があると言った。使いはしりの男を薬局に訊きに行かせたところ、黄色い液体と軽石を持ちかえったが、なんら効果はなかった。

　マーズはがっかりして腰をおろし、ふたりに言った。「こうなったら、どうやって名誉を回復するかだ。どうだ、介添人になってくれないか。そして、ルサブル氏のもとへ行き、納得のいく謝罪をするか、それとも決闘でけりをつけるか尋ねてくれ」

　両人は承知し、今後どのような手順を踏んだらいいかを話しあった。そうしたことについてはふたりともまるで疎《うと》かったのであるが、それを認めようとせず、正確を期すことに躍起になって、あれこれあたり障りのない意見を述べるばかりだった。けっきょく、石炭供給の指導のために海軍省に出向している海軍中佐に相談してみることになった。その中佐にしても、ふたり以上に知っているわけではなかった。それでも中佐はしばらく考えてから、ルサブルのところへ行って、友人をふたりほど紹介してもらうように提案した。

ルサブルの執務室に向かっていると、ボワセルがふいに立ち止まった。「そうだ、至急手袋を用意する必要がある」

ピトレは一瞬考えてから、「ああ、そうだな」と言った。とはいえ、手袋を手に入れるには外出しなければならないし、課長が許可してくれるとは思えない。そこで、また使いはしりの男にたのんで商店から一式持ってこさせることにした。手袋の色のことでひと悶着あった。ボワセルは黒がいいと思ったし、ピトレは黒は不適当だと言う。けっきょく、紫色の手袋にした。

手袋をしたふたりが仰々しく入ってくるのを見て、ルサブルは顔をあげ、ぶっきらぼうに尋ねた。「なにか用かね?」

ピトレは答えた。「ルサブルさん、われわれは友人のマーズ氏の依頼でまいりました。あなたが氏にくわえた暴力行為にたいし、陳謝されるか、さもなければ決闘を望まれるか、それを伺いたいと思いまして」

まだ腹立ちのおさまらないルサブルは叫んだ。「なんだって! 人を侮辱するだけではあきたらず、怒らせるつもりなんだな。マーズに言ってくれ、ぼくはやつを軽蔑しているし、あの男がなにを言おうと、なにをしようと、今後いっさい無視するとな」

ボワセルは深刻ぶった顔つきでまえに進みでた。「となると、ルサブルさん、あなたにとってはなはだ不愉快な記事が新聞に載ることになりますが」

ピトレは意地悪くつけ加えた。「そうなったら、あなたの名誉はひどく傷つけられ、ゆくゆくは昇進の大きな妨げになるでしょうね」

ルサブルはぎょっとしてふたりの顔を見た。さて、どうしたものか？　とにかく頭を冷やして考えねば。「わかりました。十分ほどしたら、お返事いたします。ピトレさんの部屋でお待ち願えますか」

ひとりになると、ルサブルはだれかに助言か庇護でも求めるかのように、あたりを見まわした。

決闘だ、決闘をするんだ！

恐慌をきたし、動悸がおさまらない。こんな目に遭おうとは夢にも思ったことはなかったし、こうした危険や動揺にたいする心がまえもできておらず、このような恐ろしいできごとにそなえて英気をやしなってきたわけでもない。立ちあがろうとしたものの、胸がどきどきして、足もとがふらつき、またがっくりと腰をおろした。にわかに怒りも気力も消えうせてしまった。けれども、役所の思惑や、省内に噂がひろまることを思うと、衰えかかった自尊心がふたたび頭をもたげてきた。これといって解決する方策も浮かばないので、とにかく意見を仰ぐため、課長の部屋におもむいた。

トルシュブフ氏は驚き、しばらく考えあぐねていた。なにも決闘するほどのこともあるまいと思われたし、そんなことになれば自分の課の秩序も乱れるだろう。課長はこうくり返すばかりだった。「わたしからはなにも言うことができない。これは個人の名誉の問題であり、こちらの関知するところではないからな。なんならブーク艦長に一筆書いてやろうかね。こうした問題にはくわしい人物だから、いろいろ教えてくれるだろう」

ルサブルは言われるままに艦長に会いに行った。艦長は介添人になることまでひきうけてくれ、副艦長を補佐役にした。

ボワセルとピトレはあいかわらず手袋をしたまま待っていた。四人分の席をもうけるため、となりの部屋から椅子を二脚借りてきてあった。

四人は仰々しくあいさつを交わしてから腰をおろした。ピトレが口火をきって、事情を説明した。話を聞き終わると、艦長はこう言った。「なるほど、深刻な事態ではありますが、修復できないものでもありますまい。すべては当事者の意向にかかっておりますな」船乗りあがりで海千山千の艦長は、この事件をおもしろがっていたのだ。長時間にわたる議論がはじまった。謝罪は双方の側からおこなわれねばならないということから、四つの文案が順次つくられた。そもそもルサブル氏を侮辱する意志がなかったことをマーズ氏が認めるならば、ルサブル氏としてもインク壺を投げつけた非をただちに認め、この軽率な暴力行為を詫びるべきであるということになった。

四人の代理人はそれぞれの依頼者のところに戻った。

マーズはもう机に向かっていた。相手がしり込みすることを期待しながらも、決闘になるかもしれないと思うと、興奮を抑えきれなかった。職員たちが机の引き出しに隠し持ち、夕方、退庁まえに、ひげや髪やネクタイを直すのに用いる、あの錫《すず》製の円い小さな鏡に左右の頬を映して、それを交互に眺めていた。

渡された文書を読むと、マーズはいかにも満足げに言った。「これなら充分体面をたもつことができそうだ。いつでも署名するよ」

いっぽうルサブルも、介添人のつくった文書に異を唱えることなく、こう言った。

「あなたがたのご意見である以上、こちらとしては異存ありません」

四人の全権委員はふたたび集まった。文書が交換され、うやうやしく礼が交わされた。これにて一件落着ということで、一同は別れた。

省内はこの噂でもちきりだった。職員たちは新しい情報をもとめて部屋から部屋をまわり、廊下で立ち話をした。

事件の片がついたと知って、誰もががっかりした。「ふがいない男だ、ルサブルは。そんなだから、いつまでたっても子どもができないのさ」と言う者がいれば、たちまちそのことばがあちこちに伝わって、ある職員はそれに節をつけて歌ったりした。

ところが、すべてけりがついたと思われた矢先に、ひとつ問題がもちあがった。言いだしたのはボワセルだ。「当人たちが顔をあわせたとき、どんな態度をとるべきかな？　ちゃんとあいさつをするべきだろうか？　それとも、おたがいに知らんぷりしたほうがいいのかな？」けっきょく、ふたりは課長の部屋で偶然出会ったことにし、トルシュブフ氏の面前で形ばかりのあいさつを交わすことになった。

この儀礼的な顔合わせはただちにおこなわれ、それが済むとマーズは辻馬車を呼んでもらい、顔を洗うために帰宅した。

ルサブルとカシュランはいっしょに帰ったが、たがいに相手にたいしていらだちを隠さず、口もきかなかった。こうしたトラブルが起こったのも、婿は舅の、舅は婿のせいだとでも思っているかのようだった。自宅に着くなり、ルサブルはたんすの上に帽子を放りなげ、妻に向かってどなった。

「ああ、いまいましい、きみのために決闘することになったんだぞ！」

コラはびっくりしたが、すぐさま腹を立てて夫の顔を見た。

「決闘ですって、どうして？」

「きみのことで、マーズがぼくを侮辱したからだ」

コラはそばに寄って訊いた。「わたしのことで？　どういうこと？」

ルサブルは肘かけ椅子にどっかと腰をおろして、つづけた。「とにかく、やつに侮辱されたんだ……それ以上言う必要はないだろう」

それでもコラは知りたがった。「わたしについてなんて言ったの。それを聞かせてちょうだい」

ルサブルは顔を赤らめ、口ごもった。「やつは……やつは、きみが不妊症だと」

コラは動揺したものの、すぐに気色《けしき》ばんだ。父親ゆずりの荒っぽい気性が頭をもたげ、女らしさを押しやって怒りをぶちまけた。「なんですって……わたしが、わたしが不妊症ですって？　あんな田舎者になにがわかるっていうの。相手があなただから子どもができないんじゃないの。そうよ、あなたは男じゃないもの。だれか他の男と結婚していたら、とっくに何人か子どもが生まれていたはずよ。さあ、なんとか言ったらどう！　こっちこそ、あなたみたいな腑抜けと結婚していい迷惑だわ……それで、あいつになんて答えたの？」

ルサブルは妻の剣幕に恐れをなして、おどおどと答えた。「あいつに……平手打ちをくらわしてやった」

コラは意外そうに夫を見た。「そうしたら、あの男は？」

「介添人をよこしたよ。それだけだ」

そう聞くと、あらゆる女は劇的な事件に心を惹かれるものであるが、コラもまた今回のできごとがおもしろく思われてきた。命をかけて決闘しようとする夫にたいし、にわかにある種の尊敬の念をおぼえ、急に気持がやわらいで尋ねた。「それで、いつ決闘するの？」

ルサブルはおちつき払って答えた。「決闘はしない。介添人が調停してくれたんでね。マーズはぼくに謝罪したよ」

コラは軽蔑しきった目で夫の顔をまじまじと見た。「まあ、あなたのまえでわたしを侮辱したんでしょ。そんなことを言わせておいて、男らしく決着をつけようっていう気はないの。臆病にもほどがあるわ！」

ルサブルはむっとした。「黙るんだ。自分の名誉にかかわることなら、きみに言われるまでもない。それに、マーズ氏の文書もここにある。さあ、読んでみればわかるだろう」

妻は文書を手にとってざっと目を通すと、すべてを諒解したかのように、うす笑いを浮かべて言った。

「あなたも一筆書いたんでしょ？　おたがいにびくついていたってわけね。まったく、男なんて意気地なしばっかり。あなたたちの立場にあったら、わたしたちは、わたしたち女は……ようするに、今回侮辱されたのはわたしなのよ、あなたの妻であるわたしなのよ。それなのに、こんなもので喜んでいるなんてどうかしている。あなたに子どもができなくても、ちっとも不思議じゃない。万事がこうなのよ。あなたって人は……男にたいしても、女にたいしても腰抜けなんだから。あーあ、とんだくわせ者を選んでしまった！」

声も身振も、ふいに父親のカシュランそっくりになった。男を思わせる語調で、兵隊あがりの男のがさつな身振だ。

両手を腰にあてて、コラは夫のまえに立ちはだかった。頑健にして屈強な大柄な女は、真っ赤な顔で、丸い胸を突きだし、よく通る深みのある声でしゃべりながら、少女のようなみずみずしい頬を上気させて、目のまえに腰かけている夫の顔をまじまじと見つめていた。蒼白い顔の、いくらか頭の禿げあがった小男は、弁護士のように短い頬ひげをたくわえている。できることならコラはこの男の首を絞め、踏みつぶしてやりたかった。

そして、なおもつづけた。「あんたみたいな役立たずの、能無しはいないわ。役所でもみんなに追いこされているじゃないの！」

ドアが開いて、話し声を聞きつけたカシュランが入ってきた。そして、「どうかしたのか？」と尋ねた。

コラはふり返って言った。「この木偶の坊をとっちめてるところ！」

ルサブルは顔をあげ、この親子がそっくりであることに気づいた。にわかにヴェールがはがれて、父と娘はやはり同類の、野卑で下品なやからであることが露呈したように思われた。この先ずっとこのふたりとともに暮らさねばならないのかと思うと、目のまえが暗くなってきた。

カシュランは言いはなった。「離婚[18]さえできりゃいいんだが。去勢鶏《シャポン》と結婚したとあっては、世間体が悪いからな」

それを聞いて、堪忍袋の緒が切れたルサブルは、怒りに身を震わせ、いきおい込んで立ちあがった。義父のほうにつかつかと歩みよると、急《せ》きこんで言った。「出ていけ！　ここから出ていけ！……いいか、ここはぼくの家だ……出ていかないなら、こうしてやる」ルサブルはたんすの上にある鎮静剤の水薬が入った瓶をつかむと、それを棍棒のように振りまわした。

カシュランは恐れをなし、「おいおい、いったいどうしたんだ？」とつぶやきなが

18　離婚制度はフランス革命時の一七九二年に合法化され、第二王政復古後の一八一六年に廃止となった。ふたたび合法化されたのは一八八四年であり、じっさいに離婚が可能になったのはその二年後である。この小説が発表されたのは一八八四年であるから、当時のフランス社会において、離婚はきわめてアクチュアルな問題であったと言えよう。

ら、後ずさりして部屋を出た。

だが、ルサブルの憤激はおさまらなかった。怒りにわれを忘れていたのだ。夫の乱暴なふるまいを意外なおももちで眺めていた妻のほうに向きなおると、瓶をたんすの上に戻してから叫んだ。「おまえは……おまえという女は……」しかし、どう反論したものかわからず、うまいことばも見つからないので、声をからし、引きつった顔で妻のまえに立ちつくしていた。

妻は笑いだした。

笑われたことでまたしても侮辱を受けたルサブルは、前後を忘れて妻に飛びかかった。左手で妻の首筋をつかみ、右手で激しく平手打ちをくらわした。コラは息を詰まらせ、無我夢中でうしろに退いたが、ベッドにぶつかり、その上にあおむけにひっくり返った。ルサブルはなおも妻を押さえつけて殴りつづけた。やがて息が切れ、力が尽きると、ふいに身を起こした。そして、暴力をふるったことが急に恥ずかしくなって、力なく言った。「あんな……あんなことを言うからだ」

しかし、コラは死んだように動かなかった。ベッドの端にあおむけに横たわったまま、両手で顔を覆っている。ルサブルはどうしていいかわからず、妻のそばに身を寄せた。いったいどうしたのかと気をもみながら、妻が顔から手をのけるのを待ってようすを見ることにした。数分してますます不安が募り、「コラ、ねえ、コラ」と小声で呼びかけてみたものの、コラは返事をしないし、身動きすらしなかった。いったいどうしたんだろう？　なにをしているんだろう、いや、なにをしようとしているんだろう？

怒りが爆発したときと同じように、ふいにそれがおさまったとたん、ルサブルは罪悪感にも似た自己嫌悪をおぼえた。思慮ぶかく冷静な自分が、礼儀ただしくめったに感情に流されることのない自分が、こともあろうに女を、自分の妻を殴ってしまったのだ。後悔の念が胸に込みあげてきて、妻のまえにひざまずき、叩かれて赤くなった頬に接吻し、赦《ゆる》しを請いたくなった。顔を覆っている手の片方に、指先でそっと触れてみた。なんの反応もない。そこでその手を撫で、叱られた犬をなだめるように、やさしく愛撫した。それでも、まったく反応はなかった。ルサブルはふたたび言った。「コラ、ねえ、コラ、ぼくが悪かった」妻はまるで死んでしまったかのようだ。そこで妻の手を持ちあげてみたところ、手はかんたんに離れて、見開いた目が現れた。困惑と不安にみちたその目は、じっとルサブルを見つめている。

ルサブルはなおも言った。「ねえ、コラ、ついかっとなってあんなことをしてしまったけど、もとはと言えばお父さんが悪いんだ。あそこまで人を侮辱することもないだろう」

コラは返事をしなかった。なにも聞こえていないかのようだ。なにを言ったらいいのか、また、どうしたらいいのかもわからず、ルサブルは妻の耳もとにキスをした。そして身を起こすとき、コラの目尻に涙が浮かんでいるのが見えた。大粒の涙は目から溢れ、すぐさま頬をつたって流れおちた。瞼《まぶた》がぴくぴくと動き、しきりに瞬《まばた》きをくり返している。

ルサブルは心を打たれ、悲しくなって、両腕をひろげて妻の上に身を横たえた。唇で妻のもう片方の手を離すと、顔じゅうに接吻を浴びせながら、「ごめんよ、コラ。赦しておくれ、どうか赦しておくれ」と詫びた。

あいかわらずコラは声を忍ばせ、嗚咽《おえつ》をこらえて、深い悲しみに沈んでいるかのように泣きつづけた。

ルサブルは妻をきつく抱きしめ、撫でたりさすったりしながら、ありとあらゆるやさしいことばを耳もとでささやいた。依然としてコラはなんの反応も示さなかったが、やがて泣きやんだ。こうして、ふたりは抱きあったまま、じっと横たわっていた。

夜になり、小さな部屋はしだいに闇につつまれていった。部屋が真っ暗になると、ルサブルは度胸がすわり、ふたりの希望をかなえるために妻の許しをもとめた。

ふたりが起きあがったとき、なにごともなかったかのように、ルサブルは日ごろの声と顔つきをとり戻していた。いっぽう、コラは心が和んだようすで、いつもよりやさしい口調で話し、従順な、ほとんど甘えるような目で夫を眺めていた。思いがけない折檻《せっかん》が精神の緊張をほぐし、気持をやわらげたのかもしれない。ルサブルはおだやかに言った。「お父さんはひとりきりで退屈しているかもしれないな。呼びに行ったらどうだい。もう夕食の時刻だし」妻は出ていった。

じっさい、七時になっていた。女中が食事のしたくができたと告げた。やがて、おちつき払ったカシュランが、にこやかな顔で娘とともに現れた。三人はテーブルに着いて、その晩は、三人の身になにか嬉しいことでも起こったかのように、久しぶりに和気あいあいと話をして過ごした。

V

夫婦はめげることなく希望を抱きつづけたが、いつまでたっても実を結ぶことはなかった。ルサブルのねばり強さと妻の不屈の意志にもかかわらず、毎月毎月ふたりの期待は裏切られ、不安は募るいっぽうだった。夫婦はよい結果がえられないのをたがいに相手のせいにして、たえず批難しあった。夫は絶望してやせ細り、疲れはててしまったが、とりわけカシュランの悪罵《あくば》にも耐えねばならなかった。気安く憎まれ口をたたける仲であることから、舅はもっぱらルサブルを「ルコック氏[19]」と呼んだのである。おそらく、去勢鶏《シャボン》と言ったために、瓶で顔を殴られそうになったことを根にもっていたからだろう。

娘とカシュランは無意識裡《り》に結託し、目のまえにあるのに手が届かない、あの莫大な財産を思うたびに腹立たしくてならず、不幸をもたらした無能な男を辱《はずかし》め、責めさいなむことばかり考えていた。

毎日、食卓に着くたびにコラはくり返し言った。「うちの夕食ときたら、わびしいものね。お金持じゃないからしかたないけど。でも、わたしのせいじゃないわ」

ルサブルが出勤しようとすると、妻は部屋の奥から大声をあげた。「雨傘を持っていくのよ。乗合馬車の車輪みたいに汚れて帰ってこられちゃかなわないもの。とにかく、いまだにあなたが事務屋の仕事から抜けだせないのは、わたしのせいじゃないんだから」

コラ自身が外出するときには、かならず聞こえよがしにこう言った。「あーあ、ほかの男と結婚していたら、自分の馬車くらい持てたのに」

四六時中、機会さえあれば、コラはそんなことばかり考えていて、夫を責めたて、こきおろした。とっくに手に入れているはずの金をとりそこなったのは、ひとえに夫が悪いからであり、夫に責任があるからだと言わんばかりだった。

19　ルコック Lecoq はエミール・ガボリオ作の新聞連載小説に登場する有名な探偵。ガボリオはルコックの活躍する小説を数篇新聞に連載して人気を博した。探偵の名をタイトルにした『ルコック氏』*Monsieur Lecoq* もそのうちのひとつで、一八六八年、数回にわたって「プチ・ジュルナル」紙に連載され、翌年単行本として刊行された。なお、ルコックには雄鶏 le coq の意味があるので、ルサブルを皮肉るため、カシュランがそう呼んだのである。

ある晩、とうとうルサブルは腹にすえかねて、どなりちらした。「くそ、いいかげんにしろ！　子どもができないのは、いいか、みんなおまえのせいなんだ。こっちには、ちゃんとひとり……」

嘘だった。いつまでも批難を浴び、不能者あつかいされる恥辱に耐えるよりはまだましだと思って、嘘をついたのだ。

最初、コラはびっくりして夫を見つめ、相手の目のなかに真実を探ろうとしたが、やがて嘘であることを悟ると、さも蔑《さげす》むような口調で言った。「へーえ、あなたに子どもがね」

ルサブルはしゃあしゃあと応じた。「そうとも、ひとり隠し子がいて、アニエール[20]に預けてある」

コラはおちつき払ってつづけた。「だったら、どんな子か見ておきたいわ。あす会いに行きましょうよ」

そう言われて、ルサブルは耳まで赤くして口ごもった。「あ、ああ、行こうじゃないか」

翌日、コラは早くも七時に起床したので、ルサブルが驚いて訊くと、「あら、あなたの子どもを見に行くんじゃなかったの？　ゆうべ約束したでしょ。それとも、きょうになったら、子どもはもういなくなったとでも言うの？」

ルサブルはベッドからはね起きた。「行かなきゃならないのは子どものところじゃない、病院だろ。医者に診てもらうんだ」

コラは自信たっぷりに答えた。「いいわよ、望むところだわ」

カシュランが婿が病気であることを役所に伝えることになった。近所の医者の紹介で、ルサブル夫婦は一時きっかりにルフィユル医師宅のベルを鳴らした。生殖衛生にかんする本を何冊も著したことで知られている人物である。

ふたりは壁の上部に金色の縁どりのある白っぽい部屋に通された。これといった家具はなく、椅子ばかりやたらと目につくものの、がらんとして殺風景な部屋だった。ふたりは椅子に腰をおろした。ルサブルはそわそわして、身体を震わせ、屈辱を感じていた。ふたりの番になり、事務室のようなところに入ると、背の低いでっぷりした男が、格式ばったひややかな態度で迎えた。

20　パリ北西の近郊の町で、セーヌ川沿いにある。

医師はふたりの説明を待っていたが、ルサブルは耳まで赤くして、なかなかきりだせなかった。そこで妻は腹を決め、目的を達するためには何事も辞さないといった気がまえで、動じることなく言った。「じつは、先生、わたしたちに子どもができないので相談にまいりました。財産が、巨額の財産が、子どもにかかっておりまして」

診察は長時間にわたり、綿密におこなわれたため、楽ではなかった。だが、重要な目的を思って奮いたち力づいたコラは、嫌な顔ひとつ見せずに医師の入念な診察に応じた。

一時間近くにわたって夫婦を調べたものの、医師ははっきり診断をくださなかった。

「これといって異常も、特別な徴候も、認められませんな。まあ、性格面におけるのと同様に、肉体面においても、こうしたケースはよくあることでして。世間には、気質が合わないために離婚する夫婦がいくらでもおります。ですから、肉体的な不一致によって子どもができない夫婦がいたとしても、驚くことはないのです。奥さまはたいへん立派な体格をされており、じゅうぶん妊娠可能であるようにお見うけしました。ご主人にしても、身体に何ひとつ異常は認められませんが、いささか衰弱なさっているようです。おそらく、父親になりたいという気持が強すぎるからだと思われます。ひとつ聴診してみますか」

ルサブルがこわごわチョッキを脱ぐと、医師はその胸と背に長らく耳を押しあてていた。ついで、胃から首、腰からうなじにかけて根気よく打診した。

医師は、心拍動に若干の乱れがあり、胸部には憂慮すべき徴候すらあることを認めた。

「養生することですな。くれぐれもお大事に。いまのところ、貧血と過労が見られる程度で大したことはありませんが、うっかりすると不治の病になりかねませんぞ」

不安のあまり、ルサブルは蒼くなって助言を求めた。医師は複雑な養生法を命じた。鉄分、赤身の肉、そして昼食にはスープをとること、運動と休息を心がけること、夏のあいだは田舎で過ごすこと、などである。また、回復に向かっている時期の注意点を告げ、ふたりと同じようなケースでしばしば効果をおさめた方法を教えた。

診察料は四十フランだった。

通りに出ると、むらむらと怒りが込みあげてきたコラは、将来を悲観するかのように言った。「まったく、とんだ貧乏くじをひいてしまったわ」

ルサブルはなにも言い返さなかった。不安でたまらず、医者のことばをひとつひととつ思い返しては、その意味を推しはかりながら歩いていた。医師は嘘を言ったのではあるまいか？　ほんとうは回復の見込はないと思っているのではないだろうか？　遺産のことも、子どものことも、もはやどうでもよくなってきた。なんと言っても、自分の命にかかわることなのだから！

肺のなかでひゅうひゅう音がしているようだし、鼓動が速すぎるような気がする。チュイルリー庭園を通りぬけるとき、にわかに虚脱感におそわれて、ベンチに腰をおろしたくなった。妻は憤慨し、夫を蔑んでそのかたわらに突っ立ち、憐憫と侮蔑の入りまじった目で、頭からつま先までじろじろと眺めていた。興奮して息切を起こしていたルサブルは、大げさに、いかにも苦しげに呼吸した。そして、左手の指を右の手首にあて、脈搏《みゃくはく》を調べた。

いらいらしながら足踏みしていたコラが尋ねた。「よしなさいよ、そんなまねは。いつまで待たせるつもり？」ルサブルは、まるで生贄《いけにえ》に供された男のように立ちあがると、ひとことも発せずに歩きだした。

カシュランは診察の結果を知ると、怒りを爆発させてわめいた。「くそ、なんてこった！　もうお手あげだ」そして、まるで婿をむさぼり喰おうとでもするかのように、獰猛《どうもう》な目つきでにらんだ。

ルサブルは聞こうとしなかったし、また、聞こえてもいなかった。自分の健康のこと、危機に瀕している自分の命のことしか念頭になかったのだ。カシュラン親子はルサブルの意向など無視してわめきたてたが、ルサブルはルサブルで、わが身のことしか案じていなかった。

食事のたびに、薬剤師からもらった薬瓶をテーブルの上にならべ、妻のうす笑いと義父の哄笑を浴びながら、薬を調合した。ひっきりなしに鏡をのぞき込み、たえず胸に手をあてて心臓の動きを調べた。また、衣裳部屋として使っていたうす暗い部屋にベッドを移し、コラとの肉体の接触を避けることにした。

妻にたいしては、内心兢々《きょうきょう》としながらも、軽蔑と嫌悪の入りまじった憎しみを感じるようになっていた。いまや、妻ばかりか女という女が、男を殺すのを使命とする怪物か危険な獣のように思えてきた。シャルロット伯母の遺言にしても、もはやあやうく命を落としかけた昔の事故のようにしか思えなかった。

また数カ月が過ぎた。最後の期限まで、残すところ一年となった。

カシュランは食堂に大きなカレンダーを掛け、毎朝一日ずつ消していった。なす術《すべ》がないことにいらだち、一週ごとに財産が遠のいていくことを思って悲嘆にくれた。これからも役所であくせく働き、その後は死ぬまで二千フランの年金で暮らさなければならないのだ。そう思うと、むらむらと怒りが込みあげてきて、ついつい暴言を吐き、その結果、ささいなことから手荒なふるまいにおよぶこともあった。ルサブルの顔を見ると、なんとしても殴りつけ、ぶちのめし、踏みにじってやりたくなって、わなわなと身を震わせた。この婿が憎くてたまらなかった。ルサブルがドアを開けて入ってくるのを見るたびに、自宅に泥棒が侵入し、大切な宝を、一家の遺産を奪いとっていくような気がした。不倶戴天《ふぐたいてん》の敵以上にルサブルを憎み、その虚弱さ、ふがいなさの故に軽蔑した。とりわけ、自分の健康を気にかけるあまり、共通の希望を追求することを放棄してからというもの、その意気地のなさが赦せなかった。

事実、ルサブルは妻とはまるで赤の他人のように距離をおいて暮らしていた。もう妻に寄りつくこともなければ、身体に触れることもなかった。その視線すら避けていたのは、きまりが悪く、また恐ろしかったからだろう。

毎日のようにカシュランは娘に尋ねた。「どうだ、亭主は腹をきめたのか?」

コラは答えた。「いいえ、パパ」

毎晩、食卓では不愉快なことばが交わされた。カシュランは毎回こう言った。「男の役目が果たせないようなやつは、さっさとくたばって、他の男に席を譲ったほうがいいな」

するとコラが言いそえた。「ほんとうに、役立たずの、じゃまっけな人間っているものね。そんな人たちって、みんなに迷惑をかけること以外、いったいどんなとりえがあるのかしら」

ルサブルは薬を飲むだけで、なにも言わなかった。とうとうある日、カシュランがどなった。「おい、いいか、具合がよくなったというのに態度を改めないのなら、娘がなにをしようと、おれは知らんぞ！……」

婿は顔をあげ、また悪罵を浴びせられるのかと思って、相手の顔色をうかがった。カシュランはつづけた。「むろん、おまえ以外の男を選ぶってことだ！　まだそうしていないのは、運がいいからだと思え。おまえみたいな出来そこないと結婚してしまったからには、どんなことだって許されるんだ」

ルサブルは蒼ざめた顔で答えた。「だったら、妻がなにをしようと、ぼくの知ったことじゃありません」

コラは顔を伏せた。カシュランはおぼろげながら言い過ぎたように思って、いくらかばつが悪そうにしていた。

Ⅵ

役所にいるときは、ふたりの男はまずまず仲がよさそうに見えた。家庭内の諍《いさか》いを同僚に知られたくないため、黙約のようなものが結ばれていたのだ。たがいに「カシュランさん」――「ルサブルさん」と呼びあい、共同生活になんの不服もなく、満ちたりた幸福な暮らしを送っているように装って、わざといっしょに笑ったりした。

いっぽう、あやうく決闘をするところだったルサブルとマーズは、たがいにものものしいまでの慇懃な態度で接していた。決闘には至らなかったものの、内心それが恐くてたまらなかったから、ふたりはばか丁寧なことばを交わし、さらなる敬意を表しあった。ふたたびもめ事を起こしては困るという漠然とした虞《おそ》れがあって、心の底では仲よくしておこうと思っていたのかもしれない。決闘までしようとしたふたりの紳士的な態度を見て、称讃する向きも多かった。

遠く離れたところからでも、ふたりはうやうやしく帽子を脱いで、鄭重きわまりないあいさつをした。

ふたりがことばを交わすことはなかった。どちらも自分のほうからきりだしたくなかったのか、さもなければその勇気がなかったのだろう。

ところが、ある日、急に課長から呼びだされたルサブルが、仕事熱心ぶりをアピールしようと廊下を駆けだしたところ、曲がり角で、反対側からやってきた職員に勢いあまってぶつかってしまった。マーズだった。どちらも思わず後退したが、ルサブルは恐縮しつつ慇懃な口調で、あわてて尋ねた。「もしや、おけがはありませんでしたか、ムッシュー?」

相手は答えた。「どうぞご心配なく、ムッシュー」

それ以来、ふたりは顔を合わせたら、なにかことばを交わすようにしようと思った。やがてふたりは礼儀ただしさを競うようになり、相手にたいするさまざまな心づかいを怠らなくなった。そして、そこからある種の親しみが生まれ、友情が芽ばえた。たがいに相手をよく知らない者どうしの友情であり、遠慮と気がねからすっかりうちとけるには至らない、控えめな友情ではあったが。そして、あいさつをとり交わしたり、たがいの部屋を行き来しているうち、親睦が深まった。

いまでは、ふたりは文書係の部屋に問い合わせにやってくると、話しこむようになった。ルサブルには出世を確信した小役人の尊大さが見られなくなったし、マーズのほうも社交界の人間めいた態度は影をひそめた。カシュランも会話に加わるようになり、ふたりの友情を興味ぶかげに見ているようだった。美男子のマーズが背筋をのばして、戸口に頭をかすめるようにして出ていくのを見送りながら、カシュランはときおり婿に向かってつぶやいた。「ともあれ、なかなかさばさばした男じゃないか」

ある朝のことだった。筆写をつづけるサヴォンの親父を含め、四人が部屋にいあわせたとき、だれかいたずら好きな者がこの謄本係の椅子に鋸《のこぎり》を入れておいたのだろう、腰かけていた椅子がつぶれ、老人はびっくりして大声をあげながら、床の上にひっくり返った。

三人は駆けよった。カシュランはパリ・コミューンに参加したやつらのしわざだと言い、マーズはとにかく怪我したところを見たがった。カシュランといっしょになって、手当てするためだと称して老人の衣服を脱がせようとしたが、サヴォンはなんでもないと叫びながら、必死に抵抗した。

から騒ぎがおさまると、カシュランがいきなり大声で言った。「ところで、なあ、マーズくん、こうして仲よくなったわけだから、日曜日、ぜひわが家へ夕食を食べに来てはくれないかな。婿も、わたしも、娘も、みんな喜ぶよ。よく役所の話をするんで、娘もきみの名前はよく知っている。じゃあ、いいね」

ルサブルもいっしょになって誘ったが、義父ほどの熱意は感じられなかった。「そうとも、来てくれれば嬉しいな」

マーズは決心がつきかね、返答に窮していたが、省内に伝わるいろいろな噂を思いだしてにやりとした。

カシュランはなおもせっついた。「どうだい、承知してくれるね？」

「じゃあ、おことばに甘えることにして」

帰宅すると、父親は娘に言った。「驚くなよ、こんどの日曜日、マーズさんが夕食に来ることになったんだ」そう聞いて、びっくりしたコラはつぶやくように言った。

「えっ、マーズさんが？――まあ」

そして、理由もなく、髪のつけ根まで真っ赤になった。マーズの噂は、その態度物腰や艶福家《えんぷくか》ぶりに至るまで、それまでにしばしば聞かされていた。省内の評判では、女性にたいして手が早く、しかもほれぼれするような男っぷりであるとのことだったから、ずっとまえからぜひ会ってみたいと思っていたのだ。

カシュランはもみ手をしながらつづけた。「タフガイで、しかもハンサムときている。カービン兵[21]みたいに背は高いしな。まったく、おまえの亭主とは大ちがいじゃないか」

コラは心中を見ぬかれたような気がして狼狽《ろうばい》し、なにも言わなかった。

以前、ルサブルを招いたときと同じくらい気をつかって、夕食の準備にとりかかった。カシュランは上等の料理でなければだめだと言って、あれこれ口を出した。そしておぼろげながら、ひそかな自信のようなものが心にきざしたかのようだった。確かな見通しを内に秘めたカシュランは、いつもよりおちつき払って陽気に見えた。

日曜日、カシュランはやきもきしながら、つきっきりで料理のしたくを見まもっていた。いっぽうルサブルは、前日役所から持ちかえった急ぎの仕事にかかりきりだった。十一月の第一週で、新年も近づきつつあった。

七時になり、上機嫌でマーズがやってきた。まるで自宅のように入ってくると、あいさつのことばを述べながら、大きな薔薇の花束をコラにさしだして、社交界に出入りしている人間らしく、気さくな調子でこう言いそえた。「ふしぎですね、奥さんをいくらか存じあげているような気がしてならないのですが。しかも、奥さんがごく幼い時分からね。おそらく、だいぶまえからお父さまからお噂を伺っているためかもしれません」

花束を目にとめて、カシュランが大声で言った。

「いやあ、これはこれは、見事なもんだ」コラは、ルサブルを初めて招待したとき、手ぶらでやってきたことを思いだした。男まえの役人はひどく嬉しそうで、古くからの友人の家を初めて訪ねた男のように、始終にこにこしていた。コラに向かって愛想よくことばをかけると、女の頬は赤く染まった。

マーズはなかなかいい女だと思った。コラのほうもとても魅力的な男だと思った。マーズが帰ると、カシュランは訊いた。「どうだ、いいやつだろう！　ああ見えて、なかなか隅に置けない男でね。なにしろ、名うての女たらしらしいからな」

はっきりとは言わなかったが、それでもコラは「感じのいい人だし、思ったほど気

21　カービンと呼ばれた銃身の短い小銃を持った騎兵、または歩兵。

どり屋でもなかったみたい」とうちあけた。

ルサブルはいつもより元気そうだったし、表情も明るかった。また、以前はマーズを見そこなっていたことを認めた。

マーズは、はじめのうちこそ遠慮がちであったが、しばらくするとたびたび訪ねてくるようになった。みんなに気にいられ、一家もしばしばマーズを招いて、あれこれと世話をやいた。コラはマーズの好きな料理をつくった。やがて男三人は、ほとんど離れてはいられないほど親密になった。マーズは一家を劇場につれてゆき、新聞社に手配してもらったボックス席に案内した。

そうした晩は、一行は人の溢れる通りを抜け、ルサブル夫妻の家の入口まで歩いて帰った。マーズとコラが先を行き、身を寄せあい一定の歩調で、足並まで揃えて歩いていた。さながら、ふたりはたがいに寄り添って暮らすためにこの世に生を受けたかのようだった。ふたりはすっかり意気投合していたので、忍び笑いをもらしながら、声をひそめて話した。ときおり、若い妻はうしろをふり返って、父親と夫をちらりと見やった。

カシュランはそんなふたりを好意的な目で眺めていたが、相手が婿であることを忘れて、よくこんなことを言った。「ともあれ、うまくいってるようだな。お似合いのふたりだから、見ていてほほえましくなるじゃないか」ルサブルは穏やかに応じた。「背丈もほとんど同じくらいですしね」そして、近ごろは以前ほど動悸がしなくなったし、速く歩いてもさほど息が切れなくなり、すっかり元気になったように思われて気分をよくしていたから、舅にたいする恨みもしだいに薄れていった。カシュランも、しばらくまえから婿をあざ笑うのをやめていた。

年が明けて、ルサブルは主任に任命された。嬉しくてたまらず、帰宅するなり妻に接吻したが、ここ半年来はじめてのことだった。コラは、夫がなにか無作法なふるまいでもしたかのようにびっくりして、ばつが悪そうだった。そして、たまたま年賀のあいさつに来ていたマーズのほうを見た。マーズも困惑したようすで、そんなものは見たくないとばかりに、ぷいと窓のほうを向いてしまった。

やがて、カシュランはふたたび怒りっぽく、不機嫌になってしまった。嫌みによる婿への攻撃がまた始まった。ときにはマーズにまであたることもあった。避けがたい破局の日が刻一刻と近づいていることで、あたかもマーズを恨んでいるかのようだった。ただ、コラだけはおちつき払っていた。なんの気苦労もなく、晴れやかなようすで、運命の期限が間近に迫っていることなど、すっかり忘れているように見えた。

三月になった。七月二十日が来ると、シャルロット伯母が亡くなってまる三年になるから、希望は完全に潰《つい》えてしまったかに思えた。

例年より早い春の訪れで、草木は芽ぶいていた。マーズが提案して、一家は日曜日、セーヌ川のほとりを散歩して、草むらの菫《すみれ》を摘むことになった。

一同は朝早く列車で出発し、メゾン＝ラフィット[22]でおりた。裸の枝はいまなお冬の冷気にうち震えていたものの、目にも鮮やかな緑の草は、点々と白や青の花をつけていた。丘の上の果樹は、ほっそりした枝のそこかしこに新芽をひろげて、さながら薔薇の花飾りでかざられているかのようだ。

セーヌ川は、冬の増水で浸食された両岸のあいだを、最近の雨で泥色に濁って、侘しくゆるやかに流れている。風呂から出たばかりのように、一面水びたしになった野原からは、春さきの温かい陽光を浴びて、ここちよい、湿り気をおびた香気がたちのぼっている。

四人は公園のなかをあてもなく歩いた。カシュランは元気がなく、いつもより沈んだようすで、ステッキで土くれを叩いていた。まもなく、一家にとって運命の日がやってくるのだと思うと、なんとも気が重かった。ルサブルも浮かぬ表情で、草で足が濡れることばかり気にしていた。いっぽう、妻とマーズは花束をつくるのにかかりきりだった。数日まえからコラは加減が悪く、だるそうで、顔色も蒼白かった。

コラはすぐ疲れてしまい、ひき返して昼食にしようと言った。そこで一行は、壊れかけた古い水車がわきにある、小さなレストランに入った。川のすぐ近くの緑におおわれた園亭で、二枚の布が掛かった白木のテーブルの上に、パリの人々がピクニックに出かけたときの定番ともいえる料理がやがて運ばれてきた。

グージョン[23]のフライをほおばり、ポテトで囲んだ牛肉をたいらげてから、野菜のいっぱい盛られたサラダボールをまわしていると、急にコラが立ちあがり、ナプキンを両手で口にあてがって、川岸のほうへ走りだした。

ルサブルが心配して尋ねた。「どうしたんだろう、いったい?」マーズは顔を赤らめ、もじもじしながら言った。「さあ、どうしたのかな……さっきまではなんでもな

22 パリ北西の近郊の町。セーヌ左岸沿いにある。
23 鯉科の淡水魚で、和名は大陸砂もぐり。川鯊《かわはぜ》の通称で知られる。当時、セーヌ川やマルヌ川沿いのカフェ、レストランで、この魚のフライがよく出された。

かったんだが」カシュランは野菜の刺さったフォークを宙に浮かしたまま、ぎょっとした顔をしていた。

そして、娘のようすを見るため、カシュランは立ちあがった。身をかがめると、木の幹に頭をもたせかけ、気分が悪そうにしている姿が目に入った。もしやという思いがにわかに頭をかすめ、茫然《ぼうぜん》として椅子に腰をおろした。不安のにじむ目で男たちふたりを眺めると、どちらも当惑しているようすだった。不安と期待でいても立ってもいられなくなったカシュランは、もはや口をきく気力すらなく、気をもみながら男たちの動静を窺っていた。

十五分ほど、三人は黙りこくっていた。コラが戻ってきた。まだ顔色はいくらか蒼白く、歩くのもつらそうだ。誰ひとりはっきりとは訊かなかったものの、みんなは心中おめでたではあるまいかと思っていた。知りたくてうずうずしているくせに、結果がわかるのが恐ろしくもあって、口に出しかねていたのだ。ようやくカシュランが尋ねた。「だいじょうぶかい？」娘は答えた。「ええ、ありがとう。なんでもないわ。でも、早めに戻りましょう。ちょっと頭痛がするの」

そう言って、帰るさい、コラはなにやら思わせぶりな態度で夫の腕をとった。

一同はサン=ラザール駅で別れた。マーズは急用を思いだしたと言って、みんなにあいさつし、握手を交わしてから、そそくさとたち去った。

娘と婿だけになると、カシュランはさっそく尋ねた。「昼食のときは、いったいどうしたんだ?」

コラは返事をしなかったが、しばらくためらったあと、「なんでもないわ。少し気分が悪かっただけ」

そう言って、口もとにほほえみを浮かべながら、けだるそうな足どりで歩いていた。ルサブルは心中穏やかではなかった。心は千々に乱れ、支離滅裂な、とりとめのない想念に悩まされた。贅沢な暮らしへの渇望、やり場のない怒り、口に出せない屈辱、卑屈さからくる嫉妬などで頭がいっぱいになり、カーテンのすきまからさし込む朝陽が、ベッドの上に投げかける光の筋を見まいとする朝寝坊の男のように、思わず目を閉じた。

帰宅すると、片づけねばならない仕事があると言って、そのまま部屋に閉じこもってしまった。

それを見て、カシュランは両手を娘の肩に置いて尋ねた。「どうかね、妊娠したんじゃないのか?」

コラは小声で言った。「ええ、だと思うの。二カ月まえから」

終わりまで聞かぬうち、カシュランは跳びあがって喜び、娘のまわりをぐるぐる回って、その昔、駐屯地の公開ダンス場でおぼえたカンカンを踊りだした。大きく脚をあげ、太鼓腹を揺すって跳びはね、部屋を揺りうごかした。家具はぐらぐら揺れ、食器棚のなかでグラスはぶつかり、吊り燭台はまるで船のランプのように揺れうごいた。

それから、両腕にいとしい娘を抱いて、接吻の雨をふらせた。それが済むと、娘の腹を軽くぽんと叩きながら言った。「そうか、そうか、ついにな! で、亭主には知らせたのか?」

コラは急におどおどして、つぶやくように言った。「いいえ……ま、まだなの……そのうち言うつもりだけど」

カシュランが大声をあげた。「よし、わかった。言いづらいんだな。任せてくれ、こちらから知らせてやろう」

さっそくカシュランは婿の部屋に駆けつけた。なにもしていなかったルサブルは、

義父が入ってくるのを見て、あわてて立ちあがった。だが、カシュランはかまうことなく言った。「きみの妻が妊娠したことは知っているな？」

夫はひどく驚き、そわそわしだして、頬が赤く染まった。

「えっ、なんですって？　コラが？　ほんとうですか？」

「そうとも、妊娠したんだよ。ついにな！」

そう言って、喜びのあまり婿の手をとり、祝福し、感謝をささげるかのように、握りしめて揺さぶった。そして、なおもくり返した。「やったぞ、とうとうな。よかった、ほんとうによかった。やっと財産が手に入るんだ」感きわまって、カシュランは婿を両腕に抱きしめた。

「百万フラン以上だ。いいか、百万フラン以上の財産だぞ！」そう叫んでカシュランは踊りだしたが、ふいに「さあさあ、来るんだ、きみの妻が待っているぞ。いいか、接吻くらいしてやってくれよ」と言うと、婿の身体を抱えるようにして押しだし、妻の部屋に荷物のように放りこんだ。コラは聞き耳をたてながら、不安げなおももちで、立ったまま待っていた。

夫の顔を見ると、コラは感動で胸がいっぱいになり、思わず後ずさった。ルサブルは苦悩のにじむ蒼ざめた顔で立ちつくしていた。あたかも、夫が裁判官で、妻が罪人のようだった。

ようやくルサブルは口を開いた。「妊娠したんだって？」

コラは声を震わせて答えた。「そうらしいの」

それを見ていたカシュランは、両人の頭と頭を押さえて近づけ、大声で言った。「おいおい、キスくらいしたらどうなんだ。気がきかないにもほどがあるぞ。せっかく願いがかなったというのに」

そして、ふたりを放してやると、歓喜の声をあげた。「ついにおれたちは勝ったんだ。なあ、レオポール、さっそく田舎に家を買おうじゃないか。そしたら、きみも静養できるだろう」

それを聞き、ルサブルは嬉しくなって身震いした。義父はつづけた。「そこへ、トルシュブフ氏を招待しよう。もちろん夫人同伴でだ。課長補佐は余命いくばくもないようだから、きみが後釜に坐ることになるだろう。順番からいったらな」

カシュランの話を聞いているうち、しだいに実感がわいてきた。川べりの白い瀟洒な家のまえに立って、課長を迎える自分の姿が目に浮かんだ。綾織の上着を着て、パナマ帽をかぶった自分の姿が。

希望が胸に込みあげ、なにやら愉快になってきた。ほのぼのとした、悦《よろこ》ばしい気分に浸って、身が軽くなり、早くも体調が回復したように思われたほどだ。

ルサブルはただほほえんで、返事をしなかった。

カシュランは希望に酔い、夢想にふけりながら語りつづけた。「われわれがその地方の有力者になるのも不可能じゃないぞ。さしずめきみは代議士になるといい。ともあれ、われわれはその土地の社交界に出入りして、毎日楽しく暮らすことができるんだ。きみは馬と軽馬車を手に入れて、それで毎朝駅まで行くんだな」

贅沢で、優雅で、安楽な暮らしがルサブルの脳裡に浮かんだ。しばしばその境遇に羨望をおぼえた金持連中と同じように、自分もしゃれた馬車を操ることができるのだと思うと、深い満足感をあじわった。ルサブルは思わずこう言った。「ああ、いいですね、それは！」

コラは夫のしたり顔を見て、感謝にみちた安らかな顔でほほえんでいた。これで、すっかり障碍《しょうがい》がなくなったと思ったカシュランは言った。

「どうだい、今夜はレストランで食事しないか。ちょっとしたお祝いにな」

三人とも、家に帰ったときはいささか酔っていた。ルサブルはものが二重に見え、さまざまな想念が頭のなかで渦巻いて、燈火《あかり》の消えた自分の部屋にたどり着くことができなかった。うっかりしてか、それとも忘れていたためか、妻の部屋の、まだ本人の寝ていないベッドにもぐり込んだ。そして、ひと晩じゅう、ベッドはまるで船のように前後左右に大きく揺れ、ひっくり返りそうになって、いくらか船酔いさえおぼえたほどだった。

翌朝目をさますと、腕のなかにコラがいるのを見て、ひどく驚いた。

妻は目を開けてにっこり笑うと、とびつくように接吻した。感謝の念と愛情にあふれた接吻だった。ついで、女たちが甘えるときの、あのやさしく媚《こ》びるような声で言った。「ねえ、お願いだから、きょうは役所へ行かないでほしいの。もうそんなに仕事に精を出す必要はないわ。わたしたち、もうじき大金持になるんだもの。そしたら、ふたりでまた田舎に行きましょうよ、ふたりっきりで」

ルサブルは、狂騒のあとにつづく、あの満ちたりた気分に浸って、あたたかい寝床でまどろみながら、すっかり元気をとり戻したように感じていた。いつまでもここにとどまり、なにもせず、ただ懶惰《らんだ》な生活を送っていたいと漠然と思った。かつて経験したことのない、熾烈《しれつ》な、怠惰な暮らしにたいする欲求が、心を麻痺させ、肉体に浸透してくるのだった。そして、おぼろげな幸福感がたえず頭のなかを漂っていた。もうじき金持になる、そして束縛から解放されるのだ。

だが、ふと不安になって、壁ごしに聞かれるのを懼《おそ》れるかのように、声をおとして尋ねた。「ところで、妊娠したのはまちがいないんだろうね？」

妻は即座にルサブルを安心させた。「ええ、だいじょうぶ。まちがいないわ」

それでも、まだいくらか心配だったので、やさしく妻の身体をさすりだし、膨らんだ腹を撫でながら言った。「ああ、そうだね――でも、期限までに生まれなかったら、われわれの権利は認められないかもしれないよ」

それを聞いて、コラは怒りだした。「なにを言うの、とんでもないわ。あんなに惨めな思いをして、つらい目に遭い、苦労に耐えてきたというのに、いまさら因縁をつけられてたまるもんですか。とんでもないわ！」憤慨して、コラはベッドの上に身を起こした。

そして、「すぐ公証人のところへ行きましょう」と言った。

しかし、ルサブルの考えでは、医者の診断書をもらうほうが先だということで、ふたりはまずルフィユル医師のもとに赴いた。

医師はふたりの顔を見るなり尋ねた。「いかがです、うまくいきましたかな？」ふたりは耳まで真っ赤になった。コラはいくらかうろたえて、小声で言った。「はい、先生、だと思うのですが」

医師はもみ手をしながら、「なるほど、そうでしょうとも。以前わたしが申しあげた方法にまちがいはないはずです。夫婦のどちらかに根本的な問題がないかぎりはね」

妻を診察し終えると、医師は断言した。「まちがいありません、おめでとうございます」

そして、診断書にこう書き記した。《旧姓カシュランこと、レオポール・ルサブル夫人は、あらゆる徴候に鑑《かんが》みて、妊娠約三カ月であることを証明する。パリ大学医学博士ルフィユル》

それからルサブルのほうを向き、「で、あなたはいかがですかな？　胸や心臓のぐあいは？」聴診してみたところ、すっかり治っていた。

気をよくしたふたりは嬉々《きき》として足どりも軽く、腕を組んで病院をあとにした。しかし、途中でルサブルはふと一計を案じた。「公証人に会うまえに、タオルを一、二枚ウエストに巻いておいたらどうかな。そのほうが目立っていいよ。われわれが時間かせぎをしていると思われることもないだろう」

そこで、夫婦はいったん自宅へ戻った。ルサブルは妻の腹に細工をするため、みずから服を脱がせた。タオルの位置を十回も変え、申し分なく見えるまで、離れたところからその効果をたしかめた。

ようやく満足のいく結果がえられると、ふたりはふたたび家を出た。腹ぼての妻を連れて往来を歩いていると、みずからの性的能力が証明されたようで、ルサブルは誇らしい気分だった。

公証人は愛想よく夫婦を迎えた。ふたりの説明を聞いてから、診断書に目をとおした。ルサブルが、「それに、先生、まあ、こちらをご覧ください」と言うので、公証人は若い妻の丸く膨らんだ腹部を一瞥《いちべつ》して、納得したようすだった。

ふたりが気をもみながら待っていると、公証人は言った。「けっこうです。お子さんが生まれたにせよ、これから生まれるにせよ、現にこうして生きていらっしゃるわけですから、遺言の実行は奥さまの出産まで延期することにいたしましょう」

事務所を出ると、ふたりは喜びを抑えきれず、階段で抱きあった。

Ⅶ

この喜ばしいできごとのあと、親子三人は和気あいあいと暮らした。三人とも、いつもなごやかで上機嫌だった。カシュランはもちまえの陽気さをとり戻し、コラはかいがいしく夫の世話をした。ルサブルもまるで別人のようににこやかになり、以前とはうって変わって温厚になった。

マーズはまえほど頻繁に訪ねてこなくなった。やってきても、いまでは居心地が悪そうに見えた。一家はあいかわらず歓迎してくれるものの、まえに比べてよそよそしくなったように感じられた。幸福というものは利己的で、他人を必要としないからだろう。

カシュランにしても、二、三カ月まえにはあれほど歓待したこの美男の職員にたいして、内心ある種の反感を抱いているようだった。コラリーの妊娠をマーズに告げたのもカシュランで、だしぬけにこう言った。「じつはね、娘が身ごもったんだよ」

マーズはびっくりしたような顔をして、こう応じた。「ああ、それはそれは、さぞやお喜びのことでしょう」

カシュランは、「もちろんさ」と答えたが、相手は逆におもしろくなさそうな顔をしていることに気づいた。男というものは、自分が好意を寄せている女が妊娠した場合、それが自分の責任であろうとなかろうと、そうした状態にある女を見たがらないものなのだ。

それでも、マーズはあいかわらず日曜ごとに夕食にやってきた。だが、これといって大きな不和が生じたわけではなかったものの、いっしょに夜の時間を過ごすのが気まずくなった。このなんとも言いがたい気まずさは、日を追うごとに耐えがたいものになった。ある晩、マーズが帰ったあと、カシュランは腹立たしげに言った。「まったく、あの男にはうんざりする！」

ルサブルがそれを受けて、「じっさい、親しくつきあうには値しない男ですよ」コラは顔を伏せて、なにも言わなかった。背の高いマーズをまえにすると、コラはいつもばつが悪そうにしていた。マーズのほうも、コラのそばではもじもじしているように見えたし、以前のように笑顔で見つめることもなくなった。夜、劇場に誘うこともしなくなったし、少しまえまであれほど親密につきあっていたことが、いまでは無理やり背負わされた重荷のように感じているらしかった。

ある木曜日のことだった。夕食の時刻に夫が役所から戻ると、コラはいつもより甘えた態度で夫の頬ひげに接吻し、耳もとでささやくように言った。

「ねえ、怒っちゃいやよ」

「どうしたんだい？」

「じつは……さっきマーズさんがわたしに会いにきたの。でも、変な噂をたてられても困るから、あなたが留守のときには来ないようにお願いしたのよ。少し気を悪くされたみたいだけど」

ルサブルは驚いて尋ねた。

「それで、あの男はなんと言った？」

「大したことは言わなかったけど、それでもその言いぐさが気に障ったから、今後訪ねてくるのはきっぱり止めてもらうことにしたわ。あの人を家に連れてきたのはパパとあなたでしょ。わたしの知り合いってわけでもないし。だから、あの人を締めだしちゃって、あなたが気分を害さないか心配だったの」

感謝の喜びで夫は胸が詰まった。「そうか、本当によくやってくれた。お礼を言いたいくらいだよ」

コラは、ふたりの男の立場についてあらかじめ考えておいたので、それをはっきりさせるために言いそえた。「役所では、何事もなかったかのようにふるまうのよ。あの人とはいままでと同じように話せばいいわ。今後、この家に来ないだけのことなんだから」

ルサブルはやさしく妻を抱きしめて、目や頰に長い口づけをした。「きみは天使だ……まさしく天使だよ」とくり返して、自分の腹のあたりに、身ごもってせり出した妻の腹があたるのをはっきりと感じた。

Ⅷ

出産の日まで、とりたてて変わったことは起こらなかった。

九月の末にコラは女の子を出産した。デジレ[24]と名づけられたが、洗礼式は盛大に祝いたかったので、翌年の夏、一家が近々買う予定の家でとりおこなうことにした。

その家はアニエールの、セーヌ川を見おろす丘の上にあった。

重要な用件はすべて冬のあいだに片づいた。遺産を相続すると、カシュランはさっそく退職年金を願いでて、それが確定するとさっさと役所を退職した。退職後の暇つぶしに、機械鋸を使い、葉巻入れの蓋を切りとって細工する作業に精を出した。それを材料に、置時計、小箱、プランターなど、いっぷう変わった調度品をあれこれ手がけた。こうした仕事に熱をあげたのも、オペラ大通りで、行商人が板きれに細工をしているのを見たのがきっかけだった。カシュランの細工は、手が込んでいて巧みではあったが、たわいのないものだった。毎日それらを見せられるたびに、みんなは感嘆の声をあげねばならなかった。

カシュラン本人も自分の作品をまえにして、たえずこうくり返していた。「驚いたなあ、まさかこれほどのものができるとは！」

とうとう課長補佐のラボ氏が亡くなり、ルサブルがその代理を務めることになった。とはいえ、主任に任命されてから所定の期間が経過していないとのことで、正式な辞

24　デジレ Désirée には、「待望の」、「望みどおりの」の意味がある。

令をもらったわけではなかった。

いつのまにか、コラは見ちがえるほど優雅で慎みぶかい女性になった。財産家となったために、あらゆる点で生活を変えねばならないことを理解し、見ぬき、察知したからだろう。

元日に、コラは課長夫人を訪ねた。パリで三十五年も暮らしていながら、いまだに田舎っぽいところのある、太った女だった。子どもの洗礼に立ちあう代母になってもらうためで、淑《しと》やかに、愛嬌をふりまいて頼みこんだところ、トルシュブフ夫人はひきうけてくれた。代父は祖父のカシュランが務めることになった。

洗礼式は六月の晴れわたった日曜日におこなわれた。課の職員全員が招待されたが、美男のマーズだけは姿が見えなかった。

九時に、駅まえでルサブルはパリからの列車を待っていた。そのかたわらで、大きな金ボタンのついた制服を着たボーイが、真新しい軽馬車のまえで、丸々と太った小馬《ポニー》の手綱をにぎっていた。

遠くで機関車の汽笛が鳴ったかと思うと、やがて客車を連ねて現れ、大量の乗客をはきだした。

一等車から、着飾った夫人とともにトルシュブフ氏が降りたつと、二等車からはピトレとボワセルが降りてきた。サヴォンの親父は招待されていなかったが、課長の同意が得られれば、たまたまその日の午後出会ったことにして、夕食の席に連れていく手筈《てはず》になっていた。

ルサブルはすぐさま上司のもとに駆けよった。課長も歩みよってきたが、小柄な身体をフロックコートで包み、胸には、花ひらいた赤い薔薇のような大きな略綬をつけていた。貧弱な身体は、つば広の帽子をいただいた巨大な頭に押しつぶされそうで、見るからに異様な印象を受ける。夫人がほんの少し背伸びをすれば、なんなく夫の頭ごしに眺めることができそうだ。

ルサブルは満面に喜色《きしょく》を浮かべて、おじぎをし、礼を言った。課長夫妻を馬車に乗せると、遠慮して後からついてきた同僚ふたりのほうへ走っていき、馬車が小さすぎて乗せられないことを詫びて、ふたりと握手を交わした。「川岸に沿って行けば、門のまえに出るよ。曲がり角から四軒めのデジレ荘だ。さあ、急いでくれ」

馬車に乗りこむと、ルサブルがみずから手綱をとって走りだした。ボーイはうしろの小さな席にすばやくとび乗った。

洗礼式はあらゆる点で申し分がなかった。それが済むと、一行は昼食をとりに家に戻った。それぞれのナプキンの下には、招待客の身分に応じた贈り物が用意されていた。代母の課長夫人には純金のブレスレット、その夫にはルビーのネクタイピン、ボワセルにはロシア革の財布、ピトレには海泡石《かいほうせき》のみごとなパイプだった。これらの贈り物は、デジレから新しい友人たちに贈られたものであることが告げられた。

トルシュブフ夫人は喜び、かつ恐縮して、顔を赤らめながら、太い腕にきらきらと輝くブレスレットをはめてみせた。課長は黒の細いネクタイを締めていたため、ネクタイピンを挿すことができず、レジオンドヌール勲章の下の、フロックコートの折り襟に挿したので、まるで等級の劣るもうひとつの勲章をつけたかのようだった。

窓からは、樹木の植えられた堤に沿って、太いリボンのような川の流れがシュレーヌ[25]の方角に伸びているのが見えた。陽光が川面に降りそそいで、さながら火の河のようだった。トルシュブフ夫妻が臨席しているため、食事はかたくるしい空気のもとに始まったが、やがて座がほぐれてにぎやかになってきた。金持になったのだからかまうまいと、カシュランは辛辣《しんらつ》な冗談を連発したが、みんなは笑うばかりだった。

それがピトレかボワセルの口から出たものであったら、気を悪くした者もいたかもしれない。

デザートのとき、赤ん坊が連れてこられ、客たちは一人ひとりキスをした。赤ん坊は純白のレースにすっぽりとくるまれ、青い目をきょろきょろさせて、無心に客たちを眺めていた。やがて、注意力が目ざめたのか、丸々とした頭を左右に向けた。

周囲がざわついているなか、ピトレは隣のボワセルの耳もとでささやいた。「マーズに瓜ふたつだな」

翌日、そのことばはもう省内にひろまっていた。

そうこうしているうち、二時になった。リキュールも飲み終えていたので、カシュランが提案し、家のなかを見てまわってからセーヌ川のほとりを散歩することになった。

招待客たちは、地下室から屋根裏部屋にいたるまで、ぞろぞろと部屋から部屋を巡回し、それから庭に出て、庭木の一本一本、草花の一つひとつを見て歩くと、ふた手に分かれて散歩に出た。

婦人たちのかたわらでいくらか気づまりをおぼえたのか、カシュランはボワセルと

25 パリの西、セーヌ川を挟み、ブローニュの森に隣接している町。

ピトレを誘って、川岸のカフェに入ってしまった。トルシュブフ夫人とルサブル夫人は、だらしなく晴れ着を着た連中の仲間入りはごめんだとばかりに、それぞれの夫とともに、向こう岸の堤にのぼった。

ふたりの女は、まじめくさって役所の話をしている亭主たちをあとに従え、のんびりと曳船道《ひきふね》を歩いていった。

川の上を競技用ボートが行き来していた。屈強な男たちが、陽に焼けた筋肉隆々の腕をむき出しにして、力強くオールを漕いでいた。ボートに乗っている女たちは、黒や白のなめし革の上に寝そべり、照りつける陽光にぐったりしながら舵をとっている。女たちの頭上には赤、黄、青の日傘がひろげられ、さながら川面を漂う大輪の花のようだ。舟から舟へ、喚声、呼び声、罵声がとびかった。遠くのほうから、たえまなくざわざわと人声が聞こえてきて、そちらにも祝日の雑踏のあるのがわかる。

川岸には、糸をたらした釣り人たちが、身動きもしないでずらりとならんでいる。ほとんど裸の泳ぎ手たちが、重たげな釣り舟のなかに立ち、頭から水にとび込んではまた舟にはいあがり、ふたたびとび込んでいった。

トルシュブフ夫人は、びっくりしながらそのようすを眺めていた。コラが夫人に言った。「日曜日はいつもこうでして。せっかくの景観が台なしですわ」

一艘のボートが静かに近づいてきた。ふたりの女が漕ぎ、連れの男ふたりはかたわらに寝そべっていた。女のひとりが堤に向かって叫んだ。「ねえ、ちょっと、そこの奥さまがた！　売りものの男がいるんだけど、どう？　お安くしとくわよ」

コラは蔑むように顔をそむけ、課長夫人の腕をとった。「こんなところにはいられませんわね。あちらへ参りましょう。がらの悪い人たちだこと！」

コラと課長夫人は家に戻ることにした。トルシュブフ氏はルサブルに言った。「来年の昇進はまちがいあるまい。局長から正式の承認を得ているんでね」

ルサブルはそれに答えて、「課長さん、なんとお礼を申しあげたらいいか」

家に着くと、カシュランとピトレとボワセルはすでに戻っていて、サヴォンの親父を囲んで笑いころげていた。親父が商売女といっしょに堤にいるのを見たと言うのである。

老人は弱りはてて、こうくり返すばかりだった。「とんでもない、嘘です、嘘ですったら。困りますよ、カシュランさん、からかわないでください」

するとカシュランは、あまりのおかしさに息を詰まらせながら叫んだ。「まったく、お調子者の爺さんだ。さっきは、わしのかわいい鸞鳥ペンやなんて言っていたくせに。ちゃんと見ていたんだぞ、このすけべ親父め！」

サヴォンがおろおろしているのを見て、婦人たちまで笑いだした。

カシュランはつづけた。「いかがでしょう、トルシュブフさん。罰として爺さんをここに監禁して、いっしょに夕食をとらせようと思うのですが？」

課長はこころよく了承した。そして、サヴォンの親父に置き去りにされた女のことで、一同はまだ笑いつづけていた。老人はこの悪ふざけに困りきって、しきりに弁解をくり返した。

そのおかげで、晩まで話が盛りあがり、やがてきわどい話もまじるようになった。

コラとトルシュブフ夫人は、入口のテントの下の石段に腰かけ、夕映えを眺めていた。夕陽は木の葉に緋色の粉をふりかけていた。枝を揺るがすそよとの風もなく、澄みきった無限の安らぎが、静かな火色の空から降りそそいでいた。

まだ、ゆっくりと通りすぎていく舟があった。艇庫へ帰る舟だ。

コラが尋ねた。「サヴォンさんは身持のよくない女性と結婚したそうですね？」

役所のあらゆることに通じている夫人は答えた。「そうなの。ずっと歳下の女性で、孤児《みなしご》だったそうよ。悪い男とぐるになってあの人を騙《だま》して、とうとういっしょに逃げてしまったの」太った夫人はつづけた。「悪い男って言ったけれど、どんな人なのか知らないわ。ふたりはとても愛しあっていたそうよ。とにかく、サヴォンの親父さんじゃ、男として魅力に欠けるのはたしかね」

ルサブル夫人は真顔で言った。「でも、それは理由にならないと思いますわ。サヴォンさんがお気の毒で、同情に堪《た》えません。お隣に住むバルブーさんも、同じような境遇でしてね。奥さまが、夏ごとにここへ来ている画家のような人を好きになってしまって、いっしょに外国へ行ってしまったんです。女性がそこまで堕落するなんて、どうしても理解できませんわ。家族のつら汚しになるような、そうした恥知らずの女には、なにか特別な罰をあたえてもいいくらいだと思っておりますの」

小道のはずれに乳母の姿が見えた。腕には、レースの産着《うぶぎ》につつまれたデジレを抱いている。赤ん坊は、夕方の赤みをおびた金色の雲の反映で薔薇色に染まりながら、ふたりの夫人のほうへ近づいてきた。青い目をきょとんと見開いて夕焼け空を見あげていたが、やがて婦人たちの顔を見まわした。

離れた場所でしゃべっていた男たちが、みんなそばへ寄ってきた。カシュランは孫娘を抱きあげると、天まで届けとばかりに、腕の先で高々と持ちあげた。すると、輝かしい地平を背景に、地面にまで届きそうな白い産着につつまれた赤ん坊の姿がくっきりと浮かびあがった。

祖父が大声で言った。「この世でこれほどすばらしいものはないな、そうだろう、サヴォンの親父さん」

老人は返事をしなかった。なにも言うことがなかったからだが、ひょっとしたら、考えることが多すぎたのかもしれない。

使用人が玄関のドアを開けて知らせた。「奥さま、お食事の用意ができました」

車中にて

EN WAGON

太陽はピュイ・ド・ドームを主峰とする大きな山脈のうしろに沈もうとしていた。山脈の尾根がロワイヤ[1]の深い渓谷にその影を広げていた。

公園では、野外音楽堂のまわりを散歩している者がいるかと思うと、夕暮が迫って肌寒くなってきたにもかかわらず、数人ずつかたまってまだベンチに腰をおろしている者もいる。

そのなかに、ひときわ熱心に語りあっている人々がいた。サルカーニュ、ヴォラセル、それにブリドワ[2]の奥さまたちで、ある問題がもちあがり、頭を悩ませていたからだった。夏休みを目前に控え、パリのイエズス会やドミニコ会の寄宿学校にあずけてある子どもたちを帰宅させねばならなかったのだ。

夫人たちはみずから息子を迎えに行くつもりはなかったし、といって、そうしたことを安心して頼める人間に心あたりもなかった。七月も終わりに近づいていた。パリはもう閑散としている。夫人たちは安心して任すことのできる者を探したが、どうしても見つからなかった。

　くわえて、二、三日まえ、列車内で風紀上好ましからぬ事件が起こり、夫人たちはなおさら困惑した。パリのいかがわしい女たちは、ことごとくオーヴェルニュ—パリ間の特急列車をつね日ごろ利用しているのではあるまいか。夫人たちはそんなふうに思いこんでいた。また、ブリドワ夫人のご亭主によれば、「ジル・ブラース」紙[3]のゴシップ欄に、有名無名を問わず、ありとあらゆる娼婦たちがヴィシー、ル・モン＝ドール、ラ・ブルブール[4]に出没しているという記事が載っていたとのこと。そうした場所に姿を現すということは、列車で行くわけだろうし、帰りもむろん列車にちがい

1　フランス中部、クレルモン＝フェランの南西にある温泉場。
2　当時、寄宿学校は八月一日から夏休みに入った。
3　一八七九〜一九一四年まで刊行された日刊紙で、著名な作家の小説を連載した。モーパッサンも寄稿者のひとり。
4　いずれもフランス中部のオーヴェルニュ地方にある温泉地。

ない。その手の女たちは、毎日のようにパリに戻っては、また出かけることだろう。このいまいましい路線を使って、たえず行ったり来たりしているというわけだ。いかがわしい女たちが駅に近づくのをどうして禁止しないのかと夫人たちは嘆いた。ところで、ロジェ・ド・サルカーニュは十五歳、ゴントラン・ド・ヴォラセルは十三歳、ロラン・ド・ブリドワは十一歳だった。さて、どうしたものか？　だいじな子どもたちをそうした女たちに近づけるわけにはいかない。万一、ひと晩でも、まる一日でも、同じ車室にそうした破廉恥《はれんち》な女がひとりかふたり、それも連れの男とともに乗りあわせでもしたら大変だ。子どもたちがどんなことを目や耳にし、どんな知恵をつけられるか、わかったものではない。

話が行きづまっているところに、ちょうどマルタンセック夫人が通りかかった。あいさつに立ち止まったのをこれ幸いとばかり、夫人たちは頭痛の種をうちあけた。

「だったら、ご心配いりませんわ。うちの神父さまを貸してさしあげますから」とマルタンセック夫人は声を大にして言った。「二日ほどでしたら、まったく問題ありませんのよ。ロドルフの勉強にとくに支障をきたすわけでもないし。神父さまに頼んで、お子さまたちを連れてきていただきましょう」

そんなわけで、ロドルフ・ド・マルタンセックの家庭教師で、若いながら、なかなか教養のあるルキュイール神父が、翌週、子どもたち三人を連れかえるためにパリへ行くことになった。

神父は金曜日に出発した。そして、日曜の朝、三人の子どもたちを連れて、八時の特急に乗るため、パリのリヨン駅にやってきた。オーヴェルニュの湯治客のたっての要望とあって、つい二、三日まえから運行を開始した、直通の特急列車だった。

ひよこをひき連れた雌鶏のように、神父は三人の生徒を従えて、出発ホームを歩きまわっていた。無人か、さもなければ人品いやしからぬ人々の乗る車室を探していた。というのも、サルカーニュ、ヴォラセル、ブリドワの奥さまたちから念を押して忠告されたことが、頭から離れなかったからである。

そんなとき、ふと、とある昇降口のまえにいる、白髪の老紳士と老婦人の姿が目に入った。ふたりは車内に坐っている女性となにやら話をしている。老紳士はレジオンドヌール勲章の略綬《りゃくじゅ》をつけていた。三人とも、申し分のない人たちのように見えた。《ここがいい》と神父は思い、三人の生徒を乗りこませ、あとから自分もつづいた。

老婦人が言った。

「いいこと、くれぐれも身体に気をつけるのよ」

若い女性が答えた。

「だいじょうぶよ、ママ、心配いらないわ」

「具合が悪くなったら、すぐお医者さまを呼びなさい」

「ええ、そうするわ、ママ」

「では、行ってらっしゃい」

「さようなら、ママ」

ふたりはしばらく接吻と抱擁をくり返していたが、やがて駅員が扉を閉め、列車は動きだした。

乗客はこの女性ひとりだった。神父は自分の判断が正しかったことに気をよくして、託された少年たちとおしゃべりを始めた。パリに出発する当日のことだったが、マルタンセック夫人から、夏休み中、三人の少年に個人教授する許可をもらっていたので、生徒たちそれぞれの理解力や性格を多少なりとも調べておこうと思った。

いちばん年長のロジェ・ド・サルカーニュは、育ち盛りの中学生によくある例で、ひょろひょろと背が高く、蒼白い顔をして、いくらか手足の関節が緩《ゆる》んでいるような印象を受けた。のんびりとしゃべり、話し方もあどけない。

それとは対照的に、ゴントラン・ド・ヴォラセルは背が低くて、ずんぐりしていた。こざかしく、手に負えないいたずらっ子で、おまけにひょうきん者だった。ことあるごとに人をこばかにし、ませた口をきき、思わせぶりな口答えばかりするから、両親も気をもんでいた。

最年少のロラン・ド・ブリドワは、なんの取柄《とりえ》もないように見える、父親似の、人のよさそうな少年だ。

神父はまず子どもたちに、夏の二カ月間指導の任にあたることを言い聞かせた。それから、教師に敬意をはらうこと、指導の方針、教育の方法などについて、熱心に説教をはじめた。

神父は飾りけのない実直な男で、いくらかしゃべりすぎるきらいはあったが、教育については豊富なプランを持っていた。

神父の話は、隣の女の洩《も》らした深いため息で中断された。神父がそちらを見やると、女は座席の隅に腰かけ、いくらか蒼ざめた顔で、じっと一点を見つめていた。神父はふたたび話しはじめた。

列車は全速力で走っていた。野原を過ぎ、森を抜け、橋の上をとおったり、橋の下をくぐったりしながら、がたごと揺れて車室の乗客全員を揺さぶった。

ルキュイール神父の説教が終わると、ゴントラン・ド・ヴォラセルは、ロワイヤや、そこでの気晴らしについて、神父にいろいろ質問を浴びせた。川はあるか、釣りはできるか、前年のように馬に乗れるか、といったようなことだ。

若い女性がいきなり「ああっ！」と叫んだ。急いで抑えたが、苦痛に耐えかねて思わず声をあげてしまったらしい。

神父が心配して尋ねた。

「奥さま、お加減が悪いのでは？」

婦人は答えた。「いいえ、だいじょうぶです、神父さま。ちょっと痛みを感じただけで、なんでもございません。二、三日まえから少し体調をくずしておりましたので、列車に揺られて疲れたのでしょう」見ると、顔色は真っ青だった。

なおも神父は言った。「なにかお役に立てることがございましたら、奥さま……」

「いいえ、どうぞおかまいなく、神父さま。ありがとうございます」

神父はまた生徒たちを相手にしゃべりだし、教育や指導の方針について語った。何時間かが過ぎ、列車はときどき停《と》まってはまた動きだした。若い女性はいまは眠っているとみえ、座席の隅でじっと動かずにいた。もう昼を過ぎたというのに、女はなにも食べていなかった。《だいぶ具合が悪いようだ》と神父は思った。

あと二時間たらずでクレルモン゠フェランに着こうというとき、きゅうに女が苦しみだした。座席からずり落ちそうになりながら、必死に両手で身体を支えている。目を血走らせ、顔をしかめて、「ああ、どうしましょう、どうしましょう！」とくり返すばかりだ。

神父はあわててそばに寄り、

「奥さま、奥さま……どうなさいました？」

女は小さな声で、「あ、あの……こ、子どもが……生まれそうで」と言ったかと思うと、こんどは恐ろしい叫びをあげ始めた。喉も張り裂けんばかりの、長い、身も世もないといった叫びだった。その鋭い、ぞっとするような叫び声は、魂の苦悶と肉体の苦痛を訴えているかのような、まがまがしい響きをおびていた。

神父は途方にくれて、女のまえに突っ立ったまま、どうすることもできずにいた。

どうことばをかけたものか、なにをしたらいいのかわからず、「どうしよう、なにか……なにかできることは」と、顔じゅうを真っ赤にしながらつぶやいていた。横たわって叫びつづけている女を、三人の生徒たちは呆気《あっけ》にとられて眺めていた。

突然、女は両腕を頭の上にあげ、身をよじったかと思うと、わき腹を異様に震《ふる》わせながら、のたうち始めた。

このままでは死んでしまうかもしれない。神父はそう思った。手助けも介護もしないで見殺しにしていいものか。神父は覚悟を決めた。

「奥さま、お手伝いしましょう。といって、なにをしたらいいのかわかりませんが……ともあれ、できることはなんでもいたします。苦しんでいる人に手をさしのべるのが、わたしの務めですから」

そう言って、少年たちのほうを向き、大声で言った。

「みなさん、扉のほうへ顔を向けて。うしろをふり返ったら、ウェルギリウス[5]の詩を千行書いてもらいますよ」

5　古代ローマの詩人（前七〇～前一九年）。教訓詩『農耕詩』、叙事詩『アエネイス』などを残した。

神父はみずから三つの窓ガラスをさげ、そこへ三人の頭をつっ込んで、首筋まで青いカーテンを引いてから、こうくりかえした。

「よろしいですか、ちょっとでも動いたら、夏休み中の遠足はお預けです。言いつけを守らなかったら容赦はしませんから、それを忘れないように」

神父は法衣の袖をまくりあげて、若い女性のそばへ戻った。

……………………………………………………………………

婦人はあいかわらず呻《うめ》いていて、ときおり悲鳴をあげた。神父は顔を真っ赤にしながら女性を介抱し、励まし、力づけていたが、たえず顔をあげて子どもたちから目を離さなかった。三人は、ちらりとうしろをふりむいてはすぐに目をそらして、先生の行っている不思議な仕事を窺《うかが》っていた。

「ヴォラセルさん、動詞《従わない》《デソベイール》を二十回書いてもらいます！」

「ブリドワさん、あなたは一カ月間、デザート抜きです」

ふいに、若い女の悲痛なうめき声が止《や》んだ。するとすぐ、仔犬か仔猫でも鳴いているかのような、弱々しい奇妙な声が聞こえてきた。三人の中学生は、てっきり生まれたての仔犬の声がしたのかと思って、いっせいにふりむいた。

神父はすっぱだかの小さな赤ん坊を両手に抱えて、おろおろしながら見つめていた。嬉しそうでもあり、弱りはてているようでもあって、笑っていいのか、泣いていいのかわからないように見えた。とにかく、目も口も頰もめまぐるしく動いて、なんとも言えない顔つきをしているので、頭が変になったのかと思ったほどだ。

重大なニュースでも知らせるかのように、神父は生徒たちに向かって、

「男のお子さんです」

そう言ったかと思うと、

「サルカーニュさん、網棚にある水の入った瓶をとってください。――けっこうです。――栓を抜いてもらえますか。――よろしい。――では、わたしの手の上に垂らしてください、ほんの数滴ですよ。――そうそう、けっこうです」

そして、抱いている新生児の額にその水を垂らしながら、こう言った。

「父と子と精霊の御名《みな》により、汝に洗礼をほどこす、アーメン」

列車はクレルモンの駅に入った。ブリドワ夫人の顔が昇降口に現れた。神父はとり乱してしまい、自分がとりあげたばかりの赤ん坊を夫人にさしだしながら言った。

「途中、こちらのご婦人がちょっと具合が悪くなりまして」

まるで、下水口から赤ん坊を拾ってきたのかと思えるほど、神父の髪は汗にまみれ、胸飾りは横にずれ、法衣はひどく汚れていた。神父はくり返し弁解した。「ご子息たちはなにもご覧になっておりません——ええ、まったく——その点は保証いたします。——お三方とも扉のほうを向いておりましたから。——保証いたしますとも——なにもご覧になっておりません」

神父が車室からおりてきた。迎えに行った三人のほかに、もうひとり男の子をひき連れて。ブリドワ、ヴォラセル、それにサルカーニュの奥さま方は、言うべきことばもなく、真っ青になって、おろおろと顔を見合わせるばかりだった。

その晩、子どもたちの帰省を祝って、三家族はいっしょに食事をした。だが、話は弾まず、父親も、母親も、それに子どもたちまでもが、なにやら気にかかることがあるようすだった。

だしぬけに、いちばん年少のロラン・ド・ブリドワが訊《き》いた。

「ねえ、ママ、神父さまはどこであの赤ちゃんを見つけたの?」

母親は話をそらした。

「いいから、お食べなさい。訊くのはあとにして」

少年はしばらく黙っていたが、また尋ねた。

「だって、最初は、あのお腹の痛い奥さましかいなかったんだよ。神父さまは手品師なのかな。絨緞《じゅうたん》の下から金魚鉢を出す、ロベール・ウーダン[6]みたいな」

「もう、たくさん。神さまがくださったのよ」

「だったら、神さまはあの子をどこにしまっておいたの？　ぼくはなにも見なかったよ。じゃあ、扉から入ってきたのかな？」

ブリドワ夫人はいらいらして、

「いいかげんにしてちょうだい。赤ちゃんはみんなキャベツから生まれるの。知っているでしょう」

「だけど、列車のなかにはキャベツなんてなかったもん」

すると、人をこばかにしたような顔で聞いていたゴントラン・ド・ヴォラセルが、

6　フランスの有名なマジシャン（一八〇五～七一年）。自動人形の発明でも知られる。

にやにや笑いながら言った。

「いいや、キャベツはあったよ。ただ、見たのは神父さまだけだったのさ」

難破船

L'ÉPAVE

きのう、つまり大晦日《おおみそか》のことだった。

わたしは旧友のジョルジュ・ガランの家で昼食を終えようとしていた。そこへ召使がやってきて、蠟《ろう》で封印され、外国の切手が貼られた一通の手紙を主人に手わたした。

ジョルジュが言った。

「失礼するよ」

「どうぞ」

さっそくジョルジュは、大きなイギリスふうの書体で書かれた八枚もの手紙を読みはじめた。注意ぶかく、ゆっくりと読んでいたが、心を動かされ、なみなみならぬ関心を寄せているように見えた。

やがて暖炉の片隅に手紙を置くと、ジョルジュは語りだした。

★

そうか、きみにはまだ話したことがなかったね。じつに妙な話で、しかもセンチメンタルな話でもあるんだが、実際ぼくの身に起こったことなんだ。それにしても、なんとも奇妙な日だったたな、あの年の元日は。もう二十年もまえになるのか……いまぼくは五十だから、当時は三十歳だった……。

そのころぼくは、いま経営している海上保険会社の査定係をしていた。元日はむろん祝日だから、ぼくはパリで過ごすつもりでいた。そこへ部長から手紙が届いた。即刻レ島[1]へ行ってくれというんだ。うちの保険に入っているサン＝ナゼール[2]の三本マスト帆船が座礁《ざしょう》したとのことだった。それが朝の八時でね。ぼくは十時に会社へ行き、指示を仰いだ。そしてその晩、急行列車に乗りこんで、翌日の十二月三十一日、ラ・

1　フランス南西部、シャラント＝マリティム県の島。ラ・ロシェル西方の大西洋にある。
2　ブルターニュ地方、ロワール河口にある港湾都市。

ロシェルに着いたというわけだ。

レ島行きの船、ジャン＝ギトン号に乗るまでに二時間ほど余裕があったので、ぼくは町をひと回りしてみた。ラ・ロシェルはじつに奇妙で、きわだった特徴のある町なんだ。街路はさながら迷宮のように入りくんでいて、歩道はどこまでも歩廊となってつづいている。もっと低いとはいえ、パリのリヴォリ通りの、アーケードになった歩廊にそっくりだ。こうした押しつぶされたような歩廊やアーケードは、どこか神秘的で、陰謀家たちの舞台装置としてつくられ、そのまま残ったかのような印象を受ける。あるいは、いにしえの戦争、勇壮にして残忍な宗教戦争の、胸をうつ古い舞台装置といったところか。ここは新教徒《ユグノー》たちの古い町だ。重々しく、控えめで、ルーアンの町を壮麗に見せているあのすばらしい建造物は、ひとつとして見あたらない。とはいえ、峻厳《しゅんげん》で、いくぶん陰険な感じのするたたずまいは異彩をはなち、ここが狂信を生みだす頑強な戦士の町であり、カルヴァン派の信仰で高揚し、下士官四人の陰謀[3]が発覚した町であることが諒解《りょうかい》できる。

この風変わりな町をしばらくぶらついてから、レ島行きの黒い、中央部のふくれた小さな蒸気船に乗りこんだ。船はまるで怒っているかのようにぜいぜい言いながら出発し、港を見まもるふたつの古い塔のあいだを抜け、碇泊《ていはく》地をよこぎった。リシュリュー[4]によって造られた防波堤は、さながら巨大な首飾りのように大きな石で海面すれすれに町をとり囲んでいるが、これを越えると、船は右手に進路をとった。

身も心もめいるような、なんとも陰鬱な日だった。胸が締めつけられ、あらゆる気力、あらゆる活力が奪われてしまうように思われた。どんよりとした凍てつくような日で、雨のようにじめじめとして霧氷のように冷たい重苦しい霧がたちこめていて、吸いこむと、下水のにおいを嗅《か》いだように胸が悪くなった。

不吉な、低く垂れこめた霧の下には、黄色い海がひろがっている。どこまでも浜辺がつづく遠浅の海は、波ひとつ立たず、死んでいるように穏やかだ。どんよりと濁り、

3　第四十五連隊はその多くが秘密結社カルボナリ党に加入していたため、ラ・ロシェルに配置転換となった。一八二二年三月、連隊の兵士らによるブルボン王朝打倒の陰謀が露見し、首謀者と目された四人の下士官が逮捕された。四人はその年の九月二十一日、パリのグレーヴ広場で処刑されたが、殉教者として民衆に称讃された。

4　フランスの政治家、枢機卿（一五八五～一六四二年）。ルイ十三世の宰相となり王権の拡大に努めた。

ねっとりとして淀んで動かない海だ。いくらか横揺れしながら、ジャン＝ギトン号はこの濁った静かな海面を切りわけるように進んだ。船の後方には大小の波やうねりが残されたが、すぐに海面は穏やかになった。

　ぼくは船長に話しかけた。ほとんど脚がないように見えるほどの小男で、自分の船と同じようにずんぐりしていて、船と同じように身体を左右に揺らしていた。これから被害の調査をしなければならないので、なにか聞きだすことができればと思った。サン＝ナゼールの大型三本マスト帆船、マリー＝ジョゼフ号は、嵐の晩にレ島の浅瀬に座礁したのだ。

　船主の手紙によれば、船は嵐によってかなり打ちあげられ、浮上させることができなくなった。したがって、一刻も早く船から持ちだせるものを残らず運びだす必要があるとのことだった。そんなわけで、難破船の状況を検証し、事故に遭うまえの状態を評価して、船を浮上させるためにあらゆる努力がなされたかどうかを判断しなければならない。つまりぼくは、のちに訴訟が起こされた場合、必要とあれば対審の証言をするために、会社から派遣されたというわけだ。

　部長はぼくの報告を受けてから、会社の利益を守るのに必要な措置を講じることになっていた。

この事故について、ジャン＝ギトン号の船長はよく事情につうじていた。自分の船で救助作業に駆りだされたからだ。

事故のもようを話してくれたが、いたって単純なものだった。マリー＝ジョゼフ号は猛烈な風にあおられ、闇夜のなかで針路を誤って、泡だつ海——船長のことばを借りれば《猛《たけ》りたった海》——をやみくもに漂流したすえ、干潮時にはあたりの海岸がサハラ砂漠と化してしまうほどの、広大な砂州に乗りあげてしまった。

船長と話をしながら、自分の周囲や前方に目を向けてみた。海と重苦しく垂れこめた空とのあいだには、まだ遠くまで見通しのきく空間が残されていた。船は陸地に沿って進んでいた。ぼくは尋ねた。

「あれがレ島ですか？」

「ええ、そうです」

船長はいきなり右手を前方にさしのべ、かすかに海中に見えるものをさし示して

5 この場合、民事訴訟で、原告と被告を法廷に立ちあわせて審理すること。

言った。

「ほら、あれが問題の船ですよ」

「マリー＝ジョゼフ号ですか？……」

「ええ、もちろん」

唖然《あぜん》としてしまった。目をこらしてどうにか見える程度の、暗礁と見あやまりそうな黒い点は、海岸から少なくとも三キロは離れているように思えた。

「でも、船長、あのあたりなら百ブラース[6]はあるでしょう？」

船長は笑いだした。

「百ブラースですって！……とんでもない、二ブラースもありませんよ」

ボルドー生まれの船長はつづけた。

「満ち潮は九時四十分ですから、ホテル・ドーファンで昼食を済ましてから、浜ぞいに歩いて行けるでしょう。二時五十分かせいぜい三時くらいには、足を濡らさずに難破船のところに行き着きますよ。船の上にいられるのは一時間四十五分から二時間までで、いいですか、それ以上はだめですよ。潮につかまってしまいますからね。潮は遠くに引きますが、戻ってくるのも速いんです。油断がならないんですよ、このあたりの浜辺は。いいですね、四時五十分には戻らなくちゃいけません。そして、七時半にこの船に乗れば、今晩ちゃんとラ・ロシェルの港でおろしてあげますから」

ぼくは船長に礼を言って、船首の近くに腰をおろし、みるみる近づいてくる小さなサン＝マルタンの町を眺めた。

サン＝マルタンは、陸地ぞいに点在している小島の中心地といったおもむきのある、小さな港町だ。むしろ半農半漁の大きな漁村と言ったほうがよく、魚と家禽、野菜と貝類、二十日大根《ラディッシュ》とムール貝とで、生計をたてていた。島の土地はかなり低く、耕作地もごくわずかだが、多数の住民がいるように見うけられた。とはいえ、ぼくは島のなかには入らなかった。

昼食を終えると、小さな岬をひとつ越え、潮がどんどん引いていくこともあって、黒い岩のように見えるものに向かって砂地の上を歩いた。さきほど、遥か遠方の海上に見えていたものである。

この黄色い砂浜の上をぼくは足早に進んだ。砂浜はまるで肉のように弾力があり、

6　水深を表す単位で、一ブラースは約一・八三メートル。

足で踏むと海水が滲《にじ》みでてくるように思われた。少しまえまでここにあった海は、いまや遥かかなたに後退してしまい、もはや砂浜と海との境界線も見わけることができない。この世のものとは思われない、壮大な夢幻劇でも見ているような心地がした。ちょっとまえまで大西洋は目のまえにあったのに、まるで舞台装置が迫《せり》のなかに消えてしまうように、いつのまにか砂浜のなかに姿を消してしまっていた。いまぼくは広びろとした砂漠のただなかを歩いている。ただ、潮水の気配と潮けをふくむ風を感じるばかり。うちあげられた海草の匂いが、うちよせる波の匂いがする。荒々しくはあるが、かぐわしい海辺の匂いだ。ぼくは急ぎ足で歩いた。もう寒くはなかった。座礁した船に目を向けると、進むにつれてそれはしだいに大きくなり、いまやうちあげられた巨大な鯨のように見える。

船はまるで地中から出現したかのようだった。広大な黄色い平原に、とてつもなく大きな姿で横たわっていた。一時間ほど歩くと、ようやく船にたどりついた。船体のそこかしこが裂けてひび割れ、さながら動物の肋骨のような折れた骨を見せていた。そうした木の骨にはタールが塗られ、大きな釘が打ちつけられている。船の窓という窓から砂が入りこんでいた。砂は船を押さえつけ、わが物とし、けっして手放すまいとしているかのようだ。船は砂のなかにしっかり根をおろしているように見えた。船首は、この軟らかく油断のならない浜に、すっぽりと埋没してしまっている。いっぽう、船尾は高くもちあがり、船体の黒い外板に白い文字で書かれたマリー＝ジョゼフの二語が、空に向かい、助けを求めて絶望的な叫びをあげているように見えた。

いちばん低いところから、ぼくはこの船の亡骸《なきがら》によじのぼった。甲板にあがると、船の内部に足を踏みいれた。押しつぶされたハッチや横腹の裂け目から陽光が入りこんでいて、板張りの残骸がそこかしこにころがる、うす暗く細長い地下倉庫のような場所をわびしく照らしだしていた。そこに見られるのは砂ばかりで、それがこの板切れだらけの地下室の地面になっていた。

難破船の状況について、ぼくはメモをとりはじめた。からっぽの壊れた樽に腰をおろし、大きな裂け目から入ってくる光をたよりに書きつづけた。はてしなく広がる砂浜が、その裂け目から見えていた。寒さと孤独感から、ときおり奇妙な戦慄《せんりつ》が全身を走った。書く手を止めて、難破船の発する、漠とした不思議な物音に耳を澄ますこともあった。蟹《かに》が鉤形《かぎがた》のはさみで外板をひっかく音や、死んだ船にいち早く住みついたさまざまな海の小動物たちの音。それに、船食虫《ふなくいむし》たちの小さな規則ただしい音だ。ドリルのような音をたてながら、船食虫は船の骨組をひっきりなしに齧《かじ》りつづけ、ついには穴をあけて食いつくしてしまうのだ。

突然、すぐ近くで人の声がした。亡霊でも目《ま》のあたりにしたかのように、ぼくはとびあがってしまった。一瞬、不気味な船倉から溺死人たちが姿を現して、死にぎわの模様を語りだすのではないかと思ったほどだ。すぐさま、ぼくは必死になって甲板によじのぼった。すると、船首のあたりに、大柄な男と三人の若い女性が立っているのが見えた。正確には、長身のイギリス人男性と、娘三人だ。当のぼくよりも、相手のほうがずっと怖がっていた。無人と思っていた難破船の上に、いきなり人が現れたのだから無理もない。いちばん歳下の娘は逃げだしてしまった。ほかのふたりはしっかり父親にしがみついている。父親はよほど驚いたとみえ、あんぐりと口をあけていた。

しばらくして、男は口を開いた。

「すみません、あなた、この船の所有者ですか?」

「ええ、そうですが」

「船、見せてもらえますか?」

「どうぞ」

すると、男は長ながと英語でしゃべっていたが、ぼくにはときどきくり返される gracious［親切な］ということばしか聞きとれなかった。

男がよじのぼることのできる場所を探していたので、ぼくは適切な所を教えてやり、手を貸してやった。男がのぼってくると、こんどはふたりで三人の娘に手を貸した。娘たちはすっかり安心したようだった。三人ともチャーミングだったが、とりわけいちばん歳上の、十八歳になるブロンドの娘が美しかった。花のようにみずみずしく、とてもほっそりしていて、なんとも可愛らしい。美しいイギリス娘たちは、まさしく可憐な海の果実のようだ。姉娘はたったいま砂のなかから生まれでて、その髪はまだ砂の色をとどめているかに思われた。娘たちの愛らしく若々しい姿を見ていると、薔薇色の貝殻の繊細な色合や、大洋の未知の海底に出現した、珍しく、謎めいた、つややかな真珠を思わずにはいられない。

年長の娘は父親よりいくらかフランス語がうまかったので、通訳をつとめてくれた。難破のもようを、まるで自分が事故の現場にいあわせたかのように、詳細に語ってやった。それから、揃って難破船のなかへ降りていった。かろうじて明かりのさし込むうす暗い船室へ入ったとたん、一同の口から驚きと讃嘆の叫びが洩《も》れた。すぐさま父親と娘三人は、大きな防水服の下に隠していたらしいスケッチブックをとりだし、いっせいに鉛筆でこの陰鬱で風変わりな場所のスケッチを始めた。四人は突き出た横木に並んで腰をおろし、それぞれの膝の上にスケッチブックをひろげて、こまごまとした黒い線で埋めていった。マリー＝ジョゼフ号のぽっかり口の開いた船腹を描いているらしい。

スケッチをつづけながら、上の娘はぼくとしゃべっていた。ぼくはあいかわらず難破船の調査をしていた。

一家はビアリッツ[7]に冬を過ごしに来ていたことを知った。この座礁した帆船を見るため、わざわざレ島にやってきたとのことだ。この四人には、イギリス人らしい尊大なところがまったくなかった。素朴で気のいい、ちょっと頭のいかれた連中、もしくは、永遠のさすらい人といった手合で、この種のイギリス人には世界のいたる所でお目にかかることができる。父親はひょろりとして背が高かった。赤ら顔を白い頬ひげがとり囲んでいるところはまさに生きたサンドイッチで、顔形に切りとられたハムを両側から白いクッションで押さえているかのようだ。娘たちは脚がすらりとして長く、育ちざかりの鷺《さぎ》を思わせた。姉娘をのぞいて痩せすぎの感があるものの、どの娘も愛くるしく、とりわけ姉娘がかわいらしかった。

この娘がなにかしゃべったり、語りかけたり、笑ったりするときのようすが、いっぷう変わっていた。なにかを理解したり、あるいは理解できなかったりしたときのようすもそうで、もの問いたげに深い海を思わせる青い目をあげたり、スケッチする手を止めてこちらの気持を推しはかろうとしたり、ふたたびスケッチにとりかかったり、「イエス」とか「ノー」で答えたりするとき、ぼくはいつまでもその声を聞き、その姿を眺めていたいと思った。

ふいに娘がつぶやいた。

「船の上でなにか物音がしたみたい」

耳を澄ますと、すぐに小さい奇妙な音がたえまなく聞こえてきた。なんの音だろう? ぼくは立ちあがって、裂け目のところへ行き、そこから覗いた。思わず大声で叫んでしまった。海が戻っていて、われわれをとりまきつつあるのだ!

ぼくたちはあわてて甲板にとびだした。時すでに遅し。海はわれわれを包囲しつつ

7 大西洋のビスケー湾に臨む、スペイン国境にほど近い保養地。

あって、すさまじい速さで岸をめざして走っている。いや、走っているというより、滑り、這《は》い、とてつもなく大きなしみとなってぐんぐん広がっていくのだ。砂の上を覆っているのはわずか数センチの海水にすぎないが、満ちはじめた潮がどこまで達しているのかさえ、もうわからなかった。

父親は船から逃げだそうとしたが、ぼくは引きとめた。逃げるのは不可能だった。深い窪みがいくつもあって、来るときはそこを迂回《うかい》してきたが、戻るさいはそこに落ちこむ虞《おそ》れがあるからだ。

誰しも胸に不安が渦巻いていた。やがて、姉娘が笑いながらこうつぶやいた。

「わたしたち、難破した」

できれば笑ってみせたかったが、ぼくは恐怖に胸を締めつけられていた。名状しがたい、身の毛のよだつような恐怖。この海のように、卑劣で、陰険な恐怖だ。われわれが身をさらしている危険が、いっぺんにたち現れたような思いがした。《助けてくれ》と叫びたかったが、いったいだれに向かって叫んだらいいのか?

妹ふたりは父親にしがみついていた。父親は茫然《ぼうぜん》としたおももちで、われわれをとりまく広大な海を眺めている。

潮の満ちるのに劣らぬ速さで、夜が迫ってきた。重苦しく、じめじめとして、凍てつくような夜が。

ぼくは言った。

「こうなったら、船の上にじっとしているしかありませんね」

父親が応じた。

「オー、イエス！」

十五分か、三十分か、さだかではないが、ぼくたちは黄色い潮が渦を巻きながら周囲に満ちてくるさまをじっと眺めていた。征服した広大な砂浜の上で、海水は沸きたち、戯れているかのようだ。

娘のひとりが寒いと言いだした。強くはないが冷たい風が吹き、それが肌を刺すので、一同はふたたび船のなかに降りることにした。

ハッチから下をのぞき込むと、なかは海水でいっぱいだった。こうなると、後部の張り板のところへ行き、そこに身を寄せているほかはない。いくらか風はしのげるだろう。

いまや、あたりはすっかり闇につつまれていた。ぼくたちは闇と海水にとりまかれながら、たがいにぴったりと身を寄せあっていた。自分の肩のあたりに例のイギリス娘の肩があたって、ときおり歯をがちがち鳴らしながら、身を震《ふる》わせているのがわかる。けれども、衣服ごしに娘の身体のぬくもりが伝わってきて、それがまるで接吻のように心地よく思われた。もう誰ひとり口をきかなかった。ぼくたちはおし黙り、身動きひとつしないで、溝のなかで暴風雨を耐えしのぶ動物のように、その場にうずくまっていた。それなのに、夜になってしだいに危険が高まりつつあるというのに、ここにいるのが、寒さと危険に身をさらしているのが楽しく思えてきた。張り板の上で、闇につつまれ、不安に苛《さいな》まれながらも、この愛らしく美しい娘のすぐそばで、長い時間を過ごすのが楽しく思えてきたのだ。

この奇妙な感覚、喜ばしく満ちたりた感覚をおぼえるのはどうしてなのか、ぼくは自問してみた。

さて、どうしたわけだろう？　この娘がそばにいるからだろうか？　とはいえ、見ず知らずのイギリス人の娘だ。この娘を愛しているというわけではないし、娘について何ひとつ知っているわけでもない。それなのに、なぜか気持がなごみ、心が惹《ひ》かれる。この娘を救いたい一心で、娘のためにわが身を犠牲にしてもかまわないし、どれほど無謀な行為も厭《いと》うまいという気持になってきた。われながら不可解だった。どうして、ひとりの女性のために、これほど心が揺さぶられるのだろう。いつのまにか娘の魅力の虜《とりこ》になってしまったのか？　その若さと美しさに魅惑され、酒でも飲んだように、心を酔わされてしまったのだろうか？

いや、恋の感触とでも言ったほうが適切かもしれない。恋は神秘に満ちたもので、人と人とを結びつけようと虎視眈々《こしたんたん》とねらっているし、男と女が顔を合わせたとたん、その力を行使しようとする。そして、花を植える土地に湿り気をあたえるように、男女の心に模糊《もこ》とした、ひそかな、深い感動を植えつけるのだ。

暗黒の静寂が空から降りそそいで、周囲にたちこめた。おぼろげに聞こえてくるのは、たえまない小さなざわめきと、しだいに高さを増す海のかすかな潮騒、それに船体にあたる単調な波音ばかりだ。

ふいにすすり泣く声がした。いちばん歳下の娘が泣いているのだった。娘をなぐさめるためだろう、父親がなにやら英語で話しかけていたが、ぼくには理解できなかった。それでも、娘を安心させようとしていることと、娘がなおも怖がっていることだけはわかった。

隣にいる娘に訊《き》いてみた。

「寒くありませんか？」

「ああ、寒いです。とっても」

ぼくはコートを貸してやろうとしたが、娘は断った。だが、もうコートを脱いでしまっていたので、強引に娘に着せることにした。無理やり着せようとしているとき、ぼくの手が娘の手に触れて、身体じゅうに心地よい戦慄が走った。

しばらくまえから空気が冷えびえとしてきたように感じられ、船腹にあたる波の音はいっそう大きくなった。立ちあがると、突風が顔を打った。風が出てきたのだ！

同時に父親もそのことに気づき、あっさりとこう言った。

「まずい、これは……」

たしかにまずかった。たとえ弱い波であっても、それがこの船にあたって揺すぶりでもしたら、死は免れないだろう。船はあちこちが壊れて、ばらばらになりかけているから、ちょっとでも荒い波が来たらひとたまりもあるまい。

突風が強くなるにつれ、刻一刻、ぼくたちの不安は募っていった。海は徐々に荒れだして、白い泡の線がいくつも闇のなかに見え隠れしている。マリー＝ジョゼフ号の残骸に波が打ちつけるたび、軽い震動がこちらの胸にまでつたわってきた。娘は震えていた。ぼくはそれを感じながら、娘をこの腕に抱きしめたいという狂おしい思いに駆られていた。

遠方に目をやると、前後左右の海岸に燈台がいくつもきらめいていた。白、黄、赤の回転する燈光は、さながら巨人の大きな目のようで、われわれを眺め、われわれのようすを窺《うかが》い、われわれの姿が見えなくなるのを心待ちにしているように思われた。なかでも、とりわけいらだたしい燈台があった。そいつは三十秒ごとに点滅をくり返した。まさにひとつの目で、ひっきりなしに瞼《まぶた》をおろしては、炎の瞳を隠すのだ。

父親はときおりマッチを擦って時計を見ると、すぐそれをポケットにしまった。そして、突然、娘たちの頭ごしに、厳粛な声でぼくに言った。

「新年おめでとう」

ちょうど夜の十二時だった。ぼくは手をさしだして、握手を交わした。父親はなにか英語でしゃべったかと思うと、娘たちとともに『女王陛下万歳《ゴッド・セイブ・ザ・クィーン》』[8]を歌いだした。

8 イギリスの国歌。当時イギリスはビクトリア女王（一八一九～一九〇一年）の治世下にあった。

歌声は沈黙した暗黒の空にのぼってゆき、虚空《こくう》に消えうせた。

最初、ぼくは笑いだすところだったが、やがて抗しがたい、異様な感動におそわれた。

遭難した者、死を宣告された者の口から流れるこの歌は、どことなく不吉で、かつ壮麗な感じがした。祈りに似ていると言ってもいい。と同時に、より壮大なもの、たとえばいにしえの、あの荘重な《Ave, Caesar, morituri, te salutant》[9]に似ているようでもある。

歌い終わると、ぼくは隣の娘に頼んだ。こんどはひとりで、譚詩曲《バラード》でも伝説曲《レゲンデ》でもいいから、とにかく不安をまぎらすために、好きなものを歌ってくれないかと。娘は承知した。たちまち、澄みきった若々しい声が夜空に舞いあがった。おそらく悲しい歌を歌っているのだろう。歌声はゆっくりと娘の口から流れ、長ながと尾を引きながら、まるで傷ついた小鳥のように波の上を飛びたっていった。

海はますます高さを増し、この難破船を叩いている。ぼくはもう娘の歌声のことしか考えなかった。そして、セイレン[10]のことを思いうかべた。もしこの近くを通りかかる船があれば、船乗りたちはいったいどう思うことだろう？　激しい不安に苛まれて、ぼくは夢想に耽《ふけ》った。そうだ、セイレンだ。この朽ちはてた船にぼくをひきとめ、ともに海中に沈もうとしているこの海の娘は、まさしくセイレンではないか？……

そのとき突然、五人は甲板の上に転がった。マリー＝ジョゼフ号の右側の船腹が崩れたのだ。娘はぼくの上に倒れかかってきた。ぼくは娘を両腕で抱きかかえ、いよいよ最後の時がきたのかと思って、前後の見境もなく、娘の頰、こめかみ、髪の毛に無我夢中で接吻を浴びせた。船はそれきり動かなかった。ぼくたちも身動きせず、じっとしていた。

父親が「ケイト！」と呼んだ。ぼくの腕のなかにいた娘は「イエス」と答え、腕を振りほどいた。そのとき、ぼくは船がまっぷたつに裂け、ふたりで海中に沈んでしまえばいいと思った。

ふたたび父親が言った。

9　ラテン語。「カエサルに栄えあれ。死におもむく者より敬意を捧げる」の意味。古代ローマの闘技場に入場した剣闘士たちが、戦いのまえ、皇帝席に向かって発したことば。

10　ギリシア神話の海の精。上半身は女性、下半身は鳥の姿をしており、美しい歌声で船乗りを惑わし、船を難破させた。

「ちょっと揺れただけ。なんでもない。娘三人は無事だった」

姉娘の姿が見えなかったので、最初、父親は波にさらわれたと思ったらしい。ぼくはゆっくりと身を起こしたが、ふいに海上に明かりがひとつ見えた。それも船のすぐ近くにだ。大声で呼びかけると、返事がかえってきた。ホテル・ドーファンの主人がわれわれの軽率なふるまいに気づき、救助の舟をさし向けてくれたのだ。五人は救われたが、ぼくは残念でならなかった。ぼくたちは救命ボートに乗せられ、サン＝マルタンに連れもどされた。

父親は嬉しそうにこうつぶやいていた。

「ごちそうだ、ごちそうにありつける」

たしかに夜食をとることはできた。だが、なぜか気が晴れなかった。マリー＝ジョゼフ号でのことが心を離れなかったのだ。

翌日、くり返し抱擁し合い、なんども文通の約束を交わしたあとで、ぼくは四人と別れねばならなかった。一家はビアリッツへ向かって発ったが、ぼくはあやうくそのあとを追いかけていくところだった。

ぼくはすっかりのぼせあがってしまい、もう少しで娘に求婚するところだった。一

週間いっしょに過ごしていたら、結婚していたかもしれない。人間の心は、時として
これほど弱く、これほど不可解なものなのだ！
それから二年の月日が流れたが、一家の噂を耳にすることはなかった。その後、
ニューヨークから一通の手紙がとどいた。娘が結婚したことを知らせる手紙だった。
それ以来、毎年ぼくたちは手紙で新年のあいさつを交わすようになった。ケイトは
日々の暮らしのこと、子どもたちのこと、それに妹たちのことを知らせてくるのだが、
夫のことはなぜか何ひとつ書いてこない。なぜだろう？　ぼくが手紙に書くのは、
もっぱらマリー＝ジョゼフ号でのことだ……おそらく、ぼくが愛したただひとりの女性だから……いや、ちがう……愛したかもしれない女性と言うべきか……そうなんだ……生きていると、どんな出来事に巻きこまれるかわかったもんじゃない……でも時が、時が経てば……あらゆるものが移ろう。いまでは、ケイトもずいぶん歳をとったことだろう……会ったとしても、はたしてわかるかどうか……ああ、かつてのケイトは、難破船でのケイトは……神々しいまでに美しかった。手紙によれば、髪は真っ白になったとか……それを知って、ひどく心が痛んだ……ああ、あのブロンドの髪は、いや、かつてのケイトはもはやいないのだ……思えば、なんとも悲しいことではな

いか。

パラン氏

MONSIEUR PARENT

I

公園の散歩道で、幼いジョルジュは四つばいになり、いくつも砂の山をつくって遊んでいた。両手で砂をかき集めてはピラミッド形に盛りあげ、てっぺんにマロニエの葉を立てている。

父親は鉄のベンチに腰かけ、愛情にみちたまなざしで一心に見まもっていた。狭い公園は人でいっぱいだったが、わが子の姿しか目に入らないようだ。

トリニテ教会[1]の泉水のまえをとおる一本の道は、円を描いて広い芝生をぐるりととり囲んでいる。その道に沿って、ほかの子どもたちもこうしたたわいない遊びに熱中しているが、女中たちはさして関心を払うでもなく、愚かしげな目であらぬかたを見やっている。いっぽう母親たちは、おしゃべりにうち興じてはいるものの、たえず子どものほうへ目をやって怠りなくようすを窺《うかが》っている。

乳母たちはきまじめな顔で、ふたりずつ肩を並べて歩いている。かぶっているボンネットからは、長い、色鮮やかなリボンが背後に垂れ、レースにくるまれた何やら白っぽいものを両腕に抱きかかえている。かと思うと、短い衣服から脛《すね》をむきだしにした少女たちが、輪回し遊びのあいまに、真剣なおもちで会話を交わしている。緑色の制服を着た公園の管理人は、おおぜいの子どものあいだを行きつ戻りつしながら、土の作品をこわしたり、手を踏みつけたり、可憐な幼虫のような子どもたちの根気のいる仕事をじゃましたりしないように、たえず迂回《うかい》している。

太陽はサン＝ラザール通りの屋根のうしろに沈もうとしていて、着飾った子どもの群れに太い光の筋を斜めに投げかけていた。マロニエの木々は黄色い陽光に照らされ、教会の高い正面入口まえの三つの泉水に落ちる水は、まるで溶けた銀のように見える。

パラン氏は、細かい砂のなかにしゃがみ込んでいる息子をじっと眺めていた。ジョルジュのしぐさの一つひとつをうっとりと目で追い、動作のことごとくにこっそり接吻を送っているかのようだ。

だが、鐘楼の大時計を見あげると、いつもより五分ほど遅くなってしまったことに気づいた。そこで、立ちあがって子どもの腕をとり、砂だらけの服を払い、手を拭《ふ》いてやると、いっしょにブランシュ通りに向かって歩きだした。妻よりさきに帰宅するために足を速めたので、子どもはついてくることができず、父親のわきでちょこちょこあとを追っていた。

父親は息子を両腕で抱きかかえ、いっそう歩みを速めたが、坂道をのぼっていると息が切れはじめた。四十を過ぎ、すでに頭に白髪もまじって、いくらか太りすぎのきらいもある。恰幅《かっぷく》のいい陽気な男だが、どことなく不安げに見えるのは、さまざまなできごとを経験して臆病になったためだろう。

数年まえに、こよなく愛した若い女性を妻に迎えたのだが、ちかごろこの妻は夫を邪険にあつかい、抗しがたい暴君のようにふるまっている。夫はなにをしても叱られたし、しないことにまで文句を言われた。ちょっとした行為、以前からの習慣、たわいのない気晴らし、趣味、歩きかた、身振から、ウエストが太いことや声が穏やかなことまで、とげとげしい口調で詰《なじ》られた。

1　パリ九区、サン＝ラザール駅にほど近いエティエンヌ・ドルヴ広場にある。一八六七年に建立された。

それでもパラン氏は妻を愛していたし、とりわけ妻とのあいだにできた子どもを溺愛していた。そのジョルジュも三歳を迎え、パランの最大の喜び、最大の関心事となった。金利生活者として、現在はなんの職にも就かず、二万フラン［約二千万円］の年収で質素に暮らしていた。妻は持参金なしで嫁いできたのだが、夫の無為徒食《むいとしょく》の暮らしぶりにいつも憤慨していた。

ようやく家にたどり着くと、階段のいちばん下の段に子どもをおろし、顔を拭いてから階段をのぼりはじめた。

三階までくると、呼び鈴を鳴らした。

年老いた家政婦がドアを開けにきた。パランを育ててくれ、家事をとり仕切り、家庭の実権を握っている女だ。パランは心配そうに尋ねた。

「奥さんは帰っているかい？」

家政婦は肩をすくめた。「奥さまが六時半にお戻りになったことなど、久しく見たことがございませんが」

パランは返事に窮して、

「そうか、まあいいさ。いまのうちに着替えるとしよう。きょうはやけに暑かったんでね」

いらだちと軽蔑の入りまじった目で、家政婦は憐れむようにパランを見ながら、愚痴をならべた。「ええ、ええ、そうでしょうとも。なにしろ汗びっしょりですから、旦那さまが走られたことくらいわかります。しかも、坊ちゃんを抱かれていたのでしょう。それで、七時半まで、奥さまのお帰りをお待ちになるわけですね。まあ、こちらにしても、いまでは時間を気にせずに食事のしたくをすればいいんですから、助かりますけどね。夕食は八時の予定ですから、お待ちいただいても、まだローストをお出しするわけにはまいりませんよ」

パラン氏は聞こえないふりをした。そして小声で、「まあいい、かまわんよ。そうだ、ジョルジュの手を洗ってやらなけりゃ。砂遊びをしたんでね。ぼくは着替えをするんで、おちびさんをきれいにするよう小間使に言ってくれないか」

そう言うと、自分の部屋に入ってしまった。入るとすぐ、ひとりに、ひとりきりになるために差し錠をかけた。ちかごろはすげなくされ、邪険にあつかわれることにすっかり慣れてしまい、錠前を使って身の安全を期するようになった。鍵のかかった部屋にこもって、他人の視線や思惑から護《まも》られていないと、もはやじっくりと、筋道を立てて考えることができなくなっていた。洗った下着に着替えるまえに、椅子に寝そべって身体を休めながら、家政婦のジュリーがこの家で新たな脅威になりつつあることを考えた。あきらかにジュリーは妻を、そして、とりわけ友人のポール・リムザンを嫌っている。リムザンは独身時代の無二の親友で、めったにないことではあるが、結婚後もそのまま夫婦の親友となった男だ。パランと妻アンリエットとのあいだの潤滑油となり、緩衝器となっていたのもリムザンだった。いわれなく批難されたときや、はでな夫婦げんかのさい、はたまた日ごろ苦境に陥ったときなどに、リムザンはきっぱりと、歯に衣着《きぬ》せず擁護してくれた。

ところで、ジュリーは半年ほどまえから、女主人にたいする悪意のある指摘や意見をたえず口にするようになった。ことあるごとに女主人を批判して、日に何回となくこんなことを言った。「わたしが旦那さまの立場でしたら、あんなふうに言いなりにはなりません。だって、そうじゃありませんか……もっとも、まあ……人それぞれですけど」

ジュリーが妻に無礼な口をきいたこともあったが、その晩、アンリエットは夫にこう言っただけだった。「いいこと、こんどあの女が失礼なことを言ったら、即刻たたき出してやるから」怖いもの知らずのアンリエットではあったが、この老家政婦だけは苦手にしているようだった。パランは、ジュリーは自分を育てあげ、自分の母親をみとってくれた女性であるから、あまり不人情なまねはできないと言った。

だが、もう逡巡《しゅんじゅん》してばかりもいられない。これからどんな事態が待ちうけているのかと思うと、恐ろしくてたまらなかった。どうしたらいいだろう？　ジュリーに暇を出すことなどできそうにないし、考えたくもなかった。といって、妻に逆らって家政婦の肩をもつわけにもいかない。このままでは、ひと月もたたないうちにとり返しのつかないことになるだろう。

椅子に腰かけたまま、なにをするでもなく、ふたりの仲をとりもつ方法をぼんやりと考えていたが、これといって名案は浮かばなかった。パランはつぶやいた。「ジョルジュがいるからいいようなものの……もしあの子がいなかったら、それこそ目もあてられない」

しばらくして、ふとリムザンに相談してみようかと考えた。そうする気になったもののの、すぐ家政婦と友人が犬猿の仲であることに思いいたった。リムザンはジュリーの解雇を勧めるかもしれない。パランはふたたび不安に陥り、どうしていいかわからなくなった。

置時計が七時を知らせた。パランははっとして立ちあがった。七時になるのに、まだ着替えを済ませていなかった！　愕然《がくぜん》として、息を切らしながら服を脱ぎ、身体を洗い、白いシャツを身につけて、まるでのっぴきならない用事でだれかが隣室で待ってでもいるかのように、慌《あわ》てて身じたくをした。

客間に足を踏みいれたときには、すっかり不安は消えうせていた。新聞にざっと目をとおすと、窓辺へ歩みよって通りを眺め、それから戻って長椅子に腰かけた。ドアが開いて、息子が入ってきた。すっかりきれいになり、髪もとかしてあって、にこにこ笑っている。パランは子どもを抱きしめて、キスの雨を浴びせた。さいしょは髪に、ついで目、頰、口、手の順に接吻した。それが済むと、天井まで届けとばかりに、両手で子どもを空中高く持ちあげた。疲れて腰をおろすと、こんどはジョルジュを膝の上に乗せ、お馬ごっこをしてやった。

子どもは嬉しくて顔をほころばせ、両腕をばたばたさせたり、歓声をあげたりした。父親も子どもに劣らず喜んで、太った腹を揺すりながら、満面に笑みを浮かべて、楽しそうに叫んだ。

パランは気が弱く、ひっこみ思案で傷つきやすい男だったが、心から息子を愛していた。狂おしいばかりの愛情をかたむけ、いとおしげに愛撫をくり返し、心に秘めた情愛のすべてをそそぎ込んだ。結婚した当初ですら、いつも妻はよそよそしく、冷淡であったため、パランには愛情を披瀝《ひれき》し、表明する機会が一度たりともなかったのである。

ジュリーが戸口に姿を現した。蒼ざめた顔で、目を輝かせながら、怒りに声を震《ふる》わせて言った。

「旦那さま、七時半になりましたが」

パランはあきらめきったようすで、不安げな目を置時計に向け、つぶやいた。

「ああ、七時半だね」

「いかがなさいますか、夕食のしたくはできておりますが」

ひと荒れきそうだと思い、なんとかそれを回避しようとして、「だけど、ぼくが帰ったときには、夕食は八時の予定だと言ったじゃないか」

「ええ、八時と申しあげました!……でも、ほんとうにそれでよろしいのでしょうか。そんな時刻に坊ちゃんに食事をお出しするなんて。わたしが申しあげたのを、まさか真《ま》にうけていらっしゃるとは。幼い子に八時に食事をさせたら、胃を壊してしまわれますよ。ああ！　まともな母親でしたら、わが子の身を気づかって、そんなことはいたしません。そうですとも、ちゃんとした母親でしたらね。まったく、嘆かわしいことです」

不安におののきながらも、パランは険悪な雲ゆきを案じて、きっぱりと言った。

「ジュリー、止《や》めてくれ。ぼくの妻をそんなふうに言うのは許さない。いいか、わかったね？　忘れないでくれよ」

年老いた家政婦は主人の意外なことばに唖然《あぜん》として、そのまま踵《きびす》を返して出ていってしまった。ひどく乱暴にドアを閉めたので、シャンデリアのクリスタルガラスがいっせいに音をたてたほどだった。わずかのあいだではあるが、客間の静まりかえった空気のなかで、目に見えない小さな鈴の音がどこからともなく、かすかに聞こえてくるように思われた。

最初、ジョルジュはびっくりしていたが、やがて嬉しそうに手を叩きだした。そして頰をふくらませ、ドアを閉める音をまねて、大声で「バターン」と言った。

父親は息子にいろいろな話をしてやったが、ほかのことに心を奪われていたため、しばしば話の筋道を見うしなって、子どもはわけがわからなくなり、驚いて大きく目を見開いていた。

パランは置時計から目を離すことができなかった。針の動きまで見えるような気がして、できることなら妻が帰ってくるまで時間を止め、このまま時の流れを静止させてしまいたかった。アンリエットの帰りが遅いのが腹立たしいわけではない。ただ、妻とジュリーのことが、この先なにが起こるのかということが、気がかりだったのだ。あと十分も遅れれば、とり返しのつかない破局を招き、想像できないほどの口げんかや修羅場が演じられるのではあるまいか。言い争い、どなり声、弾丸のように宙を飛び交う悪罵《あくば》。にらみ合い、ののしり合って対峙するふたりの女。そうしたことを考えただけで不安に圧《お》しつぶされそうになるし、日向《ひなた》を歩きまわったみたいに口のなかがからからになり、ひどい脱力感にみまわれて身体がぐったりとしてきた。もはやわが子を持ちあげることもできず、膝に乗せて遊ばせてやることもできなかった。

八時になった。ふたたびドアが開いて、ジュリーが現れた。さきほどのように憤慨したようすはなかったが、悪意にみちた冷酷な決意を秘めているようで、いっそう恐ろしかった。

「旦那さま」家政婦は言った。「お母さまには、お亡くなりになった日まで仕えてまいりました。旦那さまにいたしましても、お生まれになってから今日にいたるまで、お世話をさせていただきました。ご一家のために、わたしは一身をささげてきたと申してもよろしいかと思います……」

そこまで言って、ジュリーは返答を待った。

パランは口ごもりながら、「そのとおりだよ、ジュリー」

家政婦はつづけた。「ご存じかと思いますが、わたしは欲得ずくでお仕えしてきたわけではなく、あくまで旦那さまのためを思って奉公してまいりました。旦那さまを欺いたり、嘘をついたりしたことは一度たりともございませんし、また、お叱りを受けたことも……」

「そのとおりだ、ジュリー」

「ですから、旦那さま、もう我慢がならないのでございます。旦那さまのためと思って、わたしはなにも申しあげませんでした。旦那さまのご存じないことについても、よけいな口出しは控えてまいりました。とはいえ、我慢するにも限度というものがあります。ご近所で、旦那さまがもの笑いの種になっているのですから。旦那さまがなにをなさろうと勝手ですが、世間の人たちはみんな知っております。ですから、べつに告げ口にはあたらないと思いますが、今日という今日はお知らせしないわけにはまいりません。奥さまが、こんな非常識な時刻にお帰りになるのは、口にするのも忌《い》まわしいことをなさっているからではありませんか」

なんのことかわからず、パランはただおろおろするばかりだった。そして、こうつぶやくのが精いっぱいだった。「お黙り……言ったはずだ、その手の話は……」

ジュリーは覚悟を決めたようすで、ことばを遮《さえぎ》った。

「いいえ、旦那さま。こうなったからには、なにもかもお話ししないわけにはまいりません。だいぶまえから、奥さまはリムザンさんと過ちを犯しているのです。わたしは何度もこの目で見ました。おふたりが戸口の裏で抱きあっているのを。ええ、まちがいありません！　もしリムザンさんがお金持であったら、奥さまは旦那さまとは結婚なさらなかったでしょう。結婚までどんなふうにことが運んだか、思いだしていただきたいものです。そうすれば、ことの真相がすっかりおわかりになると思いますが……」

パランは蒼白の顔で立ちあがり、つぶやくように言った。「黙れ……黙るんだ……

さもないと……」

家政婦はなおもつづけた。

「いいえ、洗いざらい申しあげます。奥さまは、金目あてで旦那さまと結婚なさったのです。そして、最初の日から旦那さまを裏切っていたのですよ。きっとふたりで示しあわせていたのでしょう。よく考えてみれば、おわかりになるのではありませんか。好きでもない人としぶしぶ結婚したものですから、奥さまは旦那さまにつらくあたるのです。それにしても度が過ぎはしませんか。見ているだけで、こちらまでいたたまれなくなって……」

パランはこぶしを握りしめて家政婦に詰めよったが、思うようにことばが出ず、

「黙れ……黙るんだ」とくり返すばかりだった。

心中ふかく期するものがあるとみえ、老家政婦はひるまなかった。

ところが、最初のうちこそびっくりした顔で見ていたジョルジュが、ののしり合う声に恐れをなして、金切り声をあげて泣きだした。父親のうしろに隠れて、顔を引きつらせ、口を開けて泣きわめいている。

息子の泣き声で、パランは激昂《げきこう》した。勇気を奮いおこし、怒りに駆られて、ジュ

リーに躍りかかった。両腕を振りあげ、いまにも殴りかかりそうな剣幕でどなった。

「くそ、なんて女だ！　息子をおびえさせる気か」

パランの手がまさにジュリーに触れようとしたとき、家政婦は臆せずに言った。

「わたしを、旦那さまをお育てした女を殴りたければ、どうぞ殴ってください。殴ったところで、奥さまが旦那さまを裏切り、坊ちゃんが旦那さまの子どもでないことに変わりはないのですから……」

パランは立ち止まって、力なく両腕をおろした。正面から家政婦の顔を見つめていたが、ひどく気が動転して、わけがわからなくなった。

ジュリーはなおもつづけた。「ほんとうの父親がだれなのか、坊ちゃんの顔を見るだけでわかるじゃありませんか。だれが見たって、リムザンさんに生き写しなんですから。目と額を見ただけでもわかります。それこそ、目の不自由な人だってまちがえないくらい……」

パランは家政婦の肩をつかむと、力いっぱい揺さぶって、口ごもりながら言った。

「なんて……なんて陰険な女だ！　出ていけ、性悪女め！……出ていかないと、なにをするかわからんぞ！……出ていけ、さっさと出ていけ！」

そう言って、やっとの思いで家政婦を隣の部屋へ突きとばした。ジュリーは用意のできた食卓の上に倒れたので、グラスが床に落ちて割れた。身を起こすとテーブルのうしろにまわったが、なおも主人が追いまわしてつかまえようとするので、恐ろしいことばを相手に浴びせかけた。

「外出なされば……今晩、夕食のあとで……それからすぐ戻ってきさえすれば、おわかりになります……わたしが嘘をついているかどうか……旦那さまがそうなさるだけで、おわかりになります」

ジュリーは台所の戸口に達すると、そこから逃げだした。パランはあとを追い、家政婦の部屋まで裏階段をのぼったが、部屋には鍵がかかっていたので、ドアを叩きながら言った。

「いいか、即刻出ていくんだぞ」

ドアごしに家政婦が答えた。

「わかりました。一時間後には、もうお宅にはおりません」

転がり落ちないよう手すりにつかまりながら、パランはゆっくりと階段をおりた。

客間に戻ると、ジョルジュが床に坐って泣いていた。

パランは椅子の上にへたり込み、うつろな目で子どもを眺めた。すっかり頭が混乱して、わけがわからなくなった。まるで頭の上になにかが落ちてきたかのように、ぼうっとなり、なにも考えることができず、頭がおかしくなってしまったかのようだった。ようやく、家政婦の恐ろしいことばが脳裡によみがえった。すると、濁った水がしだいに澄んでいくように、パランは徐々に気が鎮《しず》まり、頭もはっきりしてきた。たちまち、告げられた忌まわしい事実が心を苛《さいな》みはじめた。

ジュリーはきっぱりと言った。あれほどはっきりと、自信を持って、真摯《しんし》な口調で言ったのだから、その誠意を疑うことはできない。だが、思いちがいをしている可能性もないとは言えまい。ジュリーは、自分への忠誠心から分別を失い、また、アンリエットにたいする無意識の嫌悪感に駆られて、誤解しているのかもしれない。とはいえ、気持を鎮め、自分を納得させようと努めていると、こまごまとした事実が次々に心に浮かんできた。妻のことばの端ばし、妻を見るリムザンの目つき、気にかけたことがなく、ほとんど気づきもしなかった些細《ささい》なできごとの数々、妻の遅い外出、妻とリムザンの時を同じくする不在、くわえて、理解しがたく、意図不明の、ほとんど無意味とも思える奇妙な行動。そうしたものが、いまやきわめて重要な意味を持ち、ふたりの共謀を示しているように思えてきた。不安が胸に渦巻き、突如として、婚約して以来のできごとがことごとく脳裡によみがえった。不自然な口調、怪しげな態度を残らず思いだした。穏和で善良な男は疑惑に責めさいなまれ、推測にすぎないと思っていたものが、いまや確信に変わりつつあった。

パランは躍起になって、五年間の結婚生活をひと月ごとに、一日ごとにふり返り、見のがしていたものをすべて知ろうとした。そして不安な材料がひとつ見つかるたびに、雀蜂《すずめばち》に心臓をひと刺しされたような思いがした。

いつしかジョルジュのことも念頭から去っていた。息子は絨緞《じゅうたん》の上に尻をついておとなしくしていたが、だれもかまってくれないことがわかると、また泣きだした。

パランは慌ててそばへ寄り、両腕で抱きかかえると、顔じゅうにキスをした。自分にはまだ息子が残っている。他のことなど、どうでもいいではないか。息子の身体を抱きしめ、ブロンドの髪に接吻しているうちに、しだいに気が休まり、おちつきをとり戻して、こうつぶやいた。「ジョルジュ……かわいいジョルジュ、愛《いと》しいジョルジュ……」ところが、ジュリーの言ったことばがふいに心に浮かんだ……そうだ、ジョルジュはリムザンの子だと言ったのだ……ばかな、そんなことがあるものか！

そうとも、とうてい信じられない話だ、ばかばかしいにもほどがある。卑劣な家政婦がでっちあげた、嫌らしい中傷にすぎまい。パランはくり返しつぶやいた。「ジョルジュ……愛しいジョルジュ」

子どもの小さな胸のぬくもりが、衣服ごしに自分の胸に伝わってくるのが感じられた。そのぬくもりのおかげで、父親の胸は愛情と勇気と喜びで満たされた。子どもの心地よいぬくもりは、パランを愛撫し、元気づけ、安心させた。

かわいらしい縮れ毛の頭を少し自分から離して、パランはうっとりと眺めた。われを忘れてしげしげと見つめているうち、陶然とした心地になって、ふたたびくり返した。「ああ、かわいい坊や……かわいいジョルジュ」

そのとき、ふと考えた。《だが……もしリムザンに似ていたら》

なにやら奇妙で残忍な感情が心のなかに芽ばえ、突き刺すような激しい悪寒が全身を、手足を駆けめぐった。骨のなかまで凍りついてしまったかのようだった。突然、ああ、もしもリムザンに似ていたら！……いまは笑っているジョルジュに、パランはじっと目をそそいだ。とり乱した、焦点の定まらない、血走った目で眺めつづけた。そして、息子の額に、鼻に、口に、頬に、リムザンに似たところがありはしまいかと探しもとめた。

頭がおかしくなってしまったかのように、思いは千々《ちぢ》に乱れた。じっと見つめていると、子どもの顔はしだいに変形し、見なれぬ容貌に見えてきて、類似点はさだかではなくなった。

「目の不自由な人だってまちがえないくらい」とジュリーは言っていた。だとすれば、なにかすぐ目につくものが、否定しがたいものがあるはずだ。いったいなんだろう？　額か？　たぶん、そうかもしれない。しかし、リムザンの額はもっと狭かった。だったら、口か？　だが、リムザンはひげを生やしているから、子どものふっくらした顎と、あの男のひげで覆われた顎を見くらべることはできない。

パランは考えた。《だめだ、さっぱりわからなくなった。あまりにも頭が混乱して、見わけることなどできそうもない……もう少し待たなければ。あすの朝起きたら、よく見てみることにしよう》

それから、こう思った。《でも、あの子が自分に似ていたら問題はない。そうだ、問題はないんだ》

大急ぎで客間をよこぎると、子どもをつれて鏡のまえに行き、顔を見くらべた。

ジョルジュを抱きあげ、たがいの顔を寄せると、ひどくとり乱していたため、つい声も大きくなった。「そら見ろ……同じ鼻をしてるじゃないか……同じ鼻だ、たぶん……はっきりとは言えないが……それに、目にしても同じ……いや、ちがう、この子の目は青だ……じゃあ、なんてこった！……どうしたら、どうしたらいい……頭がおかしくなりそうだ……もう見たくない、頭がおかしくなる」

鏡のまえを離れて客間の反対側に行くと、パランは肘かけ椅子に腰かけ、子どもをべつの椅子に坐らせて泣きだした。絶望のあまり、身も世もなく泣きじゃくった。ジョルジュは、そうした父親の姿におびえて、すぐさま泣きわめいた。

入口のベルが鳴った。パランは、まるで弾丸に撃ちぬかれたかのように、飛びあがった。「帰ってきた……どうしたらいいだろう？」そう言うと、急いで自分の部屋へ入り、とりあえず涙を拭うことにした。だが、しばらくしてまたベルが鳴り、その音でふたたび震えあがった。小間使になにも告げずにジュリーが出ていったことを思いだした。となると、だれもドアを開けに行く者がいない。どうしたらいいだろう。パランは自分で開けに行くことにした。

にわかに腹が決まった。勇気が湧き、一戦を交えることも、なにごともなかったかのようにふるまうことも、できそうに思えた。激しい動揺を経験したばかりではあったが、なんとか気をとり直すことができそうだ。それに、真実を知りたかった。がんらい臆病な男が蛮勇をふるって、怒りにわれを忘れたお人好しが執念を燃やして、なんとしても真実をつきとめなければと思った。

とはいえ、震えが止まらない。怖いのだろうか？　そうかもしれない……たぶん、まだ妻を恐れているのだ。勇気と呼ばれているものは、往々にして臆病者のから元気にすぎないのではあるまいか？

忍び足でドアのそばへ行き、立ち止まって聞き耳をたてた。鼓動が激しくなり、パランには自分の鼓動の音しか耳に入らなかった。胸のなかで響くその大きな鈍い音と、あいかわらず客間で泣きさけぶジョルジュの甲高い声が聞こえてくるばかりだ。

ふいに、頭上のベルがけたたましく鳴りひびき、爆音のようにパランを揺さぶった。錠前をつかむと、息を切らし、ふらつきながら、鍵をまわしてドアを引いた。

妻とリムザンが目のまえの階段の上に立っていた。

妻は意外なおももちで、いくらかいらだたしげに言った。

「あら、あなたが開けてくれたの？　ジュリーはどうしたのかしら？」

喉が締めつけられ、呼吸が速くなり、パランは答えようとしたものの、ことばが出てこなかった。

妻はくり返し尋ねた。「どうしたの、なぜ黙っているの？　ジュリーはどうしたのかって訊《き》いてるのよ」

ようやく、パランは口ごもりながら答えた。「あの、あの女は……出ていったよ」

妻は色をなして、

「なんですって、出ていった？　どこへ、それに、どうしてまた？」

しだいにパランは平静をとり戻した。そして、目のまえに立つこの横柄な女が、憎くてたまらなくなった。

「ああ、今日かぎりで出ていってもらった……ぼくが暇を出したんだ」

「暇を出したですって？　ジュリーに？……どうかしているわ」

「そうとも、ぼくが追いだしたんだ。無礼なことを言って……それに、坊やを邪険にあつかったんでね」

「ジュリーが？」

「そうだ……ジュリーがだ」

「無礼なことって?」

「きみにかんすることだ」

「わたしに?」

「ああ……とっくに夕食のしたくができているのに、きみが戻ってこないと言ってね」

「ジュリーがそう言ったの?」

「そればかりじゃない。きみにたいする嫌みだとか……どうも胡散《うさん》くさくて……まともにうけとることができないようなことだ」

「どういったことかしら?」

「いまさら言うほどのことじゃないよ」

「教えてちょうだい、わたしは知りたいの」

「ぼくがきみのような女性と結婚したのは、とても不幸なことだと言うんだ。なにしろ、きみは時間にルーズで、だらしがなく、ずぼらな女だそうでね。一家の主婦としても、母親としても、妻としても失格だと……」

若い妻は控えの間に入っていった。リムザンもあとにつづいたが、意外な展開に驚いたらしく、なにも言わなかった。妻は乱暴にドアを閉め、椅子の上にコートを投げると、夫に詰めより、気色《けしき》ばんで言った。

「な、なんですって……わたしが……」

顔はひどく蒼ざめていたものの、パランはおちつき払って答えた。

「ぼくが言ったわけじゃない。きみが知りたいと言うから、ジュリーのことばをくり返したまでだ。ついでに言うと、そうした無礼なことばを吐いたんで、あの女を追いだしたんだよ」

できることなら、夫のひげを引きむしり、爪でその頬を引っ掻いてやりたい。アンリエットはそう思って、身震いした。夫の声、口調、態度に、はっきりと反抗的な意志が感じられた。とはいえ、うまく言い返すことができないので、相手を侮辱するようなことばをぶつけて攻勢に出ようとした。

「夕食は済ませたの？」

「まだだよ、待っていたんだ」

アンリエットはいらだたしげに肩をすくめた。

「ばかみたい、こんな時刻まで待ってるなんて。用事を済ませたり買物をしたりして、わたしが遅くなるのはわかってるはずでしょ」

そう言うと、ふと、どのように時間を使っていたのかを説明したくなり、尊大な口調で手短に語りだした。家具を選ぶ必要があって、はるか遠方のレンヌ通り[2]まで出かけたところ、その帰り、七時過ぎに、サン゠ジェルマン大通り[3]でばったりリムザンに出会った。そこで、レストランで軽く食事をするため、同行をお願いした。ひとりではレストランに入る気になれなかったし、空腹で気が遠くなりそうだったからだ。そうした次第でいっしょに食事したわけだが、夕食といってもほんの名ばかりのもので、口にしたのはスープと半人まえのチキンだけ。それほど帰りを急いでいたのだ。

パランはこう答えただけだった。「そりゃあよかった。なにもきみを批難しているわけじゃないんだ」

アンリエットのうしろに隠れ、それまで黙っていたリムザンが歩みよって、手をさしだしながら小声で言った。

「元気かい？」

パランは力なく相手の手を握りながら、「ああ、いたってね」

ところが、若い妻は夫のことば尻をとらえて、

「批難しているですって……どうして、批難されるいわれがあるのかしら……なにか含むところがあるようね」

夫は弁解した。「とんでもない、そんな気はさらさらないよ。ただ、きみの帰りが遅いのを心配していたわけではないし、それを咎《とが》めだてしているわけでもないと言いたかっただけだ」

言いがかりをつけようと、妻は高飛車にでた。「帰りが遅いって言うけど……まるでわたしが夜遅くまで出歩いていて、午前一時にでも帰宅したような口ぶりね」

「ちがうんだ、帰りが遅いと言ったのは、ほかに言いようがなかったからだよ。六時半には戻ると言っていたのに、八時半になったじゃないか。遅れたのは事実だろう。だから、その……なんて言うか、ちっとも変に思っているわけじゃなくて……でも、とにかく……ほかに言いようがないものだから」

「だからって、なにも外泊でもしたような言いかたをしなくても……」

2　パリの左岸、六区を南北に走る通り。

3　五～七区にまたがる長い大通り。レンヌ通りとはサン＝ジェルマン＝デ＝プレ教会付近で交叉している。

「とんでもない……誤解だよ」

いつものように夫が折れるであろうことを見てとると、アンリエットは自分の部屋に向かった。そのとき、ようやくジョルジュが泣きわめいていることに気がつき、血相を変えて尋ねた。

「いったいどうしたの、坊やは？」

「言ったじゃないか、ジュリーに邪険にされたんだ」

「坊やになにをしたっていうの、あの陰険な女は？」

「いや、たいしたことじゃない。ちょっと坊やを押したんで、倒れただけだよ」

アンリエットは急いで子どものようすを見に向かったが、食卓の惨状を目にして足を止めた。そこらじゅうにワインがこぼれているし、水差やグラスは壊れ、塩入れはひっくり返っている。

「なによ、これ？」

「それはジュリーが……」

言い終わらないうちに、妻は怒りに駆られて、

「まったく、ふざけるにもほどがあるわ！　ジュリーは、わたしを身持の悪い女み

たいに言うばかりか、子どもに暴力を振るい、食器を壊し、家じゅうをめちゃめちゃにしないと気が済まないってわけ。それでも、あなたは平気みたいだけど」

「とんでもない……だから追いだしたんじゃないか」

「ああ、そうね、追いだしたんだったわね……でも、警察に突きだすべきだったのよ。どうして警察を呼ばなかったのかしら」

パランは言いよどんだ。「だって、そりゃあ……できないよ。しかるべき理由がないし……じっさい、無理だよ」

ばかにしきったようすで、アンリエットは肩をそびやかした。

「まったく、ふがいない人ね。自分の意志ってものがないし、気力も、毅然としたところもないんだから情けなくなるわ。じゃあ、ジュリーも、あなたにずいぶんひどいことを言ったのね。あなたが追いだすことにしたわけだから。たったの一分でいいから、その場にいあわせたかったわ」

客間のドアを開けると、アンリエットはジョルジュに駆けより、両腕で抱きあげ、接吻した。「ジョルジュ、いったいどうしたの？　ねえ、わたしのかわいい坊や？」

母親の愛撫を受けて、子どもは泣き止んだ。くり返し母親が尋ねた。

「ねえ、どうしたの？」

子どもはおびえながら、ぼんやりと目にしたことを答えた。

「ズユ、リ、ーがパパをぶったんだ」

アンリエットは呆気《あっけ》にとられて夫のほうをふりむいた。すると猛烈におかしさが込みあげてきた。目もとがゆるんだかと思うと、艶やかな頬がこきざみに震え、唇がすぼまり、鼻翼がふくらんだ。そして、とうとうこらえきれなくなって、その口から哄笑《こう しょう》が噴出し、小鳥のさえずりのようにあたりに響きわたった。白い歯のあいだから洩《も》れる悪意を含んだ笑いは止むことがなく、パランの心を深く傷つけた。「あはは、お……おかしいのなんのって……あの、あの女があなたを……あなたをぶったですって……あはは。まったく、なんて滑稽なのかしら……そうよ、こんなに滑稽なことはないわ……ねえ、聞いた、リムザン……この人、ジュリーに、ジュリーに、ぶたれたのよ……ジュリーがこの人をぶったのよ……あはは、まったく、こんなにおかしいことはないわ……」

パランはしどろもどろに弁解した。

「いや、ちがうんだ……そうじゃない、そうじゃなくて……話が逆だよ。ぼくが食堂でジュリーを突きとばしたんだ。力いっぱいやったんで、テーブルの上のものをひっくり返したほどだ。子どもが見まちがえたんだよ。こっちがあの女を叩いたんだ」

アンリエットは息子に訊いた。「ねえ、坊や、もう一回言ってみて。ジュリーがパパをぶったんでしょう?」

「うん、ズュリーがぶったんだよ」

そのとき、ふとアンリエットはあることに思いいたり、つづけて言った。「ひょっとして、この子、夕食を食べてないんじゃない? ねえ、坊や、なにか食べた?」

「食べてないよ、ママ」

アンリエットは険しい顔で夫を見やった。「あなた、どうかしてるんじゃないの! 八時半にもなるのに、ジョルジュに食事をさせてないなんて!」

パランは頭のなかが真っ白になり、自分の人生が根底から崩壊していくのを感じながら、憤慨する妻へ向かって弁解をはじめた。

「いや、きみの帰りを待っていたんだ。いっしょに夕食をとろうと思ってね。いつも帰りが遅くなるのはわかっていたけど、そのうち戻ってくるだろうと思ったんだ」

それまでかぶっていた帽子を肘かけ椅子の上に放りなげると、妻はとげとげしい声で言った。

「まったく、たまったもんじゃないわ。ものわかりの悪い人間を相手にするのは。気をきかせることも、自分から進んでなにかすることも、何ひとつできないんだから。もしわたしが夜なかに帰ってきても、それまでこの子になにも食べさせずにいるってわけ？　わたしの帰りが七時半を過ぎたら、なにか急用ができたとか、やむなく遅れる事情があったとか、どこかで足止めをくったとか、どうして想像することができないのかしら……」

怒りが込みあげてきて、パランは身を震わせた。だが、そこへリムザンが割って入り、若い妻のほうを向いて、

「それはまちがっているよ。パランにしてみれば、あなたの帰りがこんなに遅くなるとは思っていなかったんだろう。めったにないことだしね。それに、ジュリーを追いだしてしまったそうだから、パランひとりできりもりするのはむずかしかったんじゃないかな」

とはいえ、アンリエットの怒りはおさまらず、なおも言った。「でも、それくらい

自分でやってくれないと困るわよ。わたしが手伝うわけにはいかないんだから。自分でなんとかすべきでしょ」

そう言って、妻はそそくさと自分の部屋に入ってしまった。息子が食事をしていないことなど、すっかり忘れてしまったようだ。

そこで、友人を助けるため、リムザンはすぐさま大活躍をはじめた。テーブルの上に散らばっているグラスの破片を集めて始末し、あらたに食器を並べ、ジョルジュを子ども用の椅子に坐らせた。その間にパランは食事のしたくをさせるため、小間使を呼びにいった。

小間使がやってきた。ずっとジョルジュの部屋で仕事をしていて、なにも聞いていなかったので驚いていた。

小間使はすぐにスープと羊のローストを用意し、それからポテトのピュレを運んできた。

パランは子どものわきに腰をおろした。この予期せぬ災難によって悲嘆にくれ、すっかり分別をなくしていた。子どもに食事をさせ、自分も食べようとして肉を切りわけ、嚙みくだき、なんとか呑みこもうとしたが、まるで喉が麻痺してしまったかのようだ。

そのうち、徐々に、目のまえに坐ってパンを小さく丸めているリムザンの顔を、まじまじと見つめてみたくてたまらなくなった。ジョルジュに似ているかどうかを確かめたかったのだ。顔をあげる勇気はなかったが、とうとう思いきってその顔を眺めた。いままで注意ぶかく観察したことがなかったとはいえ、よく見知った顔であるはずなのに、想像していたのとはちがっているように思えた。ちらちらと相手の顔にすばやい視線を走らせては、息子と似たごくわずかの線、特徴、印象を探しだそうとした。そしてすぐ、子どもに食べさせてやるふりをしながら、その顔を見つめた。

《子どもの父親、子どもの父親、子どもの父親！》という二語がいくども耳のなかに響きわたった。心臓が鼓動するたびに、そのことばは耳鳴りのように鳴りひびいた。そうだ、この男がおそらく息子の父親なのだ。テーブルの向こう側に坐るこのもの静かな男が、ジョルジュの、かわいいジョルジュの父親なのだ。パランは食べるのを止めた。すさまじい苦痛にみまわれて、もう食べることができなかった。大声をあげ、地面をころげまわり、家具をうち壊してしまいたくなるような苦痛に、身体の内部を引き裂かれるような思いがした。ナイフをとり、それを腹に突き刺したいと思った。

そうすれば苦しみから解放されて、救われることだろう。すべてにけりをつけることができるだろう。

だいいち、いまとなっては生きていく自信すらない。朝起きて、食事をとり、往来に出て、夜ベッドに入って眠る。そのたびに、《リムザンがジョルジュの父親なのだ!……》と思わずにはいられない。この胸を突き刺すような思いに耐えながら、どうやって生きていけばいいのか。だめだ、もはや一歩を踏みだす力も、服を着替える力も失せてしまいそうだ。ものを考える気力も、人と話をする気力もなくなってしまいそうだ。毎日、いついかなるときでも、そのことを自問するだろう。この恐ろしい秘密を探りあて、見ぬき、解明しようとするだろう。そして坊や、かわいい坊や。あの子を見るたびに、こうした疑惑のもたらすおぞましい苦痛を耐えしのばねばならない。胸のはり裂けるような思いをあじわい、地獄の責め苦を受けねばならないのだ。それでもこの家にとどまり、あの子とともに暮らしていかねばならないのか。あの子への愛情は、憎しみに変わるかもしれないというのに。そうだ、いつの日か、きっとあの子を憎むようになるだろう。これほど耐えがたいことはない! ああ、せめてリムザンが父親であることがはっきりすれば。この不幸、この苦悩のさなかにあっても、気が鎮まり、眠ることができるかもしれない。しかし、事実がわからないままでは、我慢のしようがないではないか！

事実がわからないまま、いつまでもそれを探しもとめ、いつまでも苦しみがつづくのだ。この子に、他人の子かもしれないこの子に、のべつ接吻する。街なかをつれ歩き、この腕に抱きあげ、やわらかな髪にやさしく唇を押しあてる。そんなふうにこの子を熱愛しながら、たえず《自分の子ではないのか？》という思いがつきまとうのだ。ならば、いっそこの子を捨てるか、自分の知らないところにでも遣《や》って、二度と会えないようにしたほうがいい。さもなければ、こちらがはるか遠くの土地へ逃げて、絶対にあの子の噂など耳に入らないようにするしかない。

そのとき、ドアの開く音がして、パランはぎょっとした。妻が戻ってきたのだ。

「おなかがすいたわ。あなたは、リムザン？」

リムザンはためらいがちに答えた。「ああ、ぼくもだよ」

アンリエットは羊の腿《もも》肉を持ってこさせた。

パランは思った。《夕食は済ませたはずではなかったか？　ということは、逢引《あいびき》をしていて遅くなったのか？》

さっそくふたりは食べはじめたが、どちらも食欲は旺盛のようだ。いまやアンリエットはおちつき払って、笑ったり、冗談を言ったりしている。夫はふいに視線を投げかけてはすぐに逸《そ》らして、こっそりようすを窺った。妻は白いレースのついたピンクの部屋着をまとっている。泡で飾られた貝殻を思わせる、このあでやかなかぐわしい衣服から、ブロンドの髪、みずみずしい首筋、ぽってりとした両の手が出ていた。一日じゅう、妻はこの男となにをしていたのだろう？　熱烈なことばをささやきながら抱きあっているところが、まるで目に浮かぶようだ。それなのに、目のまえに並んでいるふたりを眺めながら、何ひとつ知ることはできないし、真実を見ぬくこともできないとは。

結婚した当初からふたりに騙《だま》されていたのだとすれば、自分はさんざん笑いものにされたことだろう。父親からわずかばかりの金を譲りうけた身であるとはいえ、ひとりの男を、ひとりの純朴な男を、こうまで愚弄《ぐろう》することができるものなのか。どうして、他人の心のなかをうかがい知ることができないのだろう。どうして、心のまっすぐな人間は卑劣な人間のまやかしに少しも気づかないのだろう。どうして、嘘をつく声と愛を告げる声は同じであり、人を欺く偽善のまなざしは誠実なまなざしに似ているのだろう。

パランはふたりの身振を、ことばを、口調を待ちうけながら、ようすを窺っていたが、にわかに、《今晩ふたりの不意を突いてやろう》という考えが浮かんで、こう言った。

「ところで、ジュリーに暇を出してしまったから、さっそく今日からでも新しい家政婦を見つけなければならないな。これからちょっと出かけてくる。明日の朝までにはなんとかするつもりだ。帰りはちょっと遅くなるかもしれない」

妻は答えた。「行ってらっしゃい。わたしはずっとここにいるから。リムザンに相手をしてもらって、帰りを待っているわ」

ついで、小間使に向かって、「ジョルジュを寝かせてちょうだい。それから、後かたづけを済ませたら、自分の部屋にさがっていいわ」

パランは立ちあがった。足がふらつき、めまいがして、ころびそうになった。「じゃあ、また」と小声で言うと、壁をつたいながら部屋を出た。寄木《よせぎ》張りの床がぐらぐらと揺れ、まるで小舟に乗っているようだった。

小間使の腕に抱かれてジョルジュが出ていくと、アンリエットとリムザンは客間に移った。ドアを閉めるとすぐ、「まったく、どうかしているぞ。あんなに亭主をとっちめることはないだろう」

アンリエットはふり返った。「そうかしら。わたしは嫌でたまらないの。ちかごろ、あなたがパランに同情して、肩をもつのが」

リムザンは肘かけ椅子にどっかと腰をおろすと、脚を組みながら、「とんでもない、ちっとも同情なんかしていないさ。ただ、われわれの立場からして、ばかばかしいと思っているだけだ。なにかにつけて、あの男に難癖をつけるのは」

アンリエットはマントルピースの上にある煙草《たばこ》をとると、それに火をつけてから答えた。「べつに難癖をつけているわけじゃないわ。むしろその反対で、なんて言うか、あの男の間抜け面《づら》を見ていると、いらいらするのよ……だから、あの男にふさわしい扱いをしているだけ」

リムザンは腹立たしげな声で応じた。

「だから、それがばかばかしいと言ってるんだ。まったく、女というのはどうしてこうなんだろうな。いいかい、きみの夫は気のいい男だ。人を疑うことを知らない、おめでたい男だ。われわれの邪魔になることはしないし、一度でもわれわれを疑ったことはない。われわれの好きなようにさせてくれるし、とやかく言うこともない。それなのに、きみはなんとかしてあの男を怒らせ、ぼくらの生活をめちゃめちゃにしようとしているんだからな」

アンリエットはふりむいて言った。「言ってくれるわね。卑怯《ひきょう》よ、あなたは。ほかの男とおんなじだわ。あの間抜けが怖いの？」

リムザンはやにわに立ちあがると、怒気を含んだ声で、「だったら、教えてもらいたいもんだ。パランはきみになにをした？　あの男に恨みでもあるのか？　ひどい目に遭わされたのか？　やつに殴られたのか、裏切られたのか？　ちがうだろう。いくらなんでも、ひどいと思わないか。お人よしだというだけで、きみはあの男を苦しめ、きみが裏切っているというだけで、あの男に恨みを抱いているんだからな」

アンリエットはリムザンに歩みより、目の奥をのぞき込むようにして、
「あの男を裏切ったのを責めるつもり？　よりによってあなたが、あなたが？　よくもまあ、そんなことが」

いくらか恥じいった顔で、リムザンは弁解した。「待ってくれ、きみを責めているわけじゃない。少しは手加減してはどうかと言っているだけだ。きみもぼくも、パラ

ンから信用されていなければならないからね。どうだい、わかるだろう」

ふたりはぴったりと身を寄せていた。男は背が高く、髪は褐色で、長い頬ひげをたくわえ、美男だとうぬぼれているせいか、その物腰にはいくらか俗っぽいところが感じられた。女は、いかにも人好きのする容貌をしていた。薔薇色の肌にブロンドの髪の小柄なパリ女で、婀娜《あだ》っぽくもあれば、また堅実なところもあった。商店の奥の部屋で生まれ、店頭で通行人の品さだめをしながら育った。たまたま通行人のひとりが目にとまり、その純情な男と結婚することになった。この男は、朝家を出て夕方帰宅するさい、毎日店頭で女を見かけ、たちまち恋におちたのだ。

アンリエットが言った。「じゃあ、どうしてわたしがパランを憎んでいるか、わからないの。しょうがない人ね。あの男がわたしと結婚したからよ、わたしを金で買ったからよ。あの男の言うこと、なすこと、考えることが、いちいち気に障《さわ》るの。あの男の愚かしさ、あの男の鈍重さが、たまらなくいらだたしいのよ。あなたには愚かしさが善良さに、鈍重さが自信に見えるようだけど。とりわけ我慢できないのは、あなたではなく、あの男がわたしの夫だってこと。あなたとふたりでいても、邪魔されるわけではないとはいえ、いつもあの男のことが頭から離れないでしょ。それに……なんて言うか……そうよ、まったく疑うっていうことを知らないんだから、おめでたいにもほどがあるじゃない。せめて、ちょっとくらい焼きもちでもやいたらいいのに。ときどき、こう叫んでやりたくなるの。《その目は節穴なの？　ポールはわたしの愛人よ。それに気がつかないなんて、大ばかだわ》」

リムザンは笑いだした。「いまのところ、それは止めておいたほうがいいな。われわれの生活に支障が出ては困るからね」

「あら、だいじょうぶよ。そんなつもりはないから。あの間抜けのことなら、なにも心配いらないわ。それにしても、信じられない。あの男がどんなにわたしをむかさせ、どんなにわたしをいらだたせるか、あなたはちっともわかっていないんだから。あなたはいつも仲がよさそうにふるまっているし、いかにも心を込めて握手を交わしているように見えるでしょ。ときどき、男のすることがわからなくなるわ」

「そりゃあ、うまく隠す必要があるからさ」

「隠すことじゃなくて、当人の気持が問題なの。男というのは、だれかを騙すとすぐ、以前にましてその人に好意を抱くんじゃないかしら。わたしたち女の場合は、だれかを裏切ったら、その瞬間からその人を憎むわ」

「さっぱりわからないな。女房を寝とられた善良な男を、どうして憎むことができるんだ」

「わからない？……ほんとうに？……男にはデリカシーってものが欠けているからだわ。しかたないわね。これは心で感じるものであって、口に出して言うことはできないの。だいいち、口にすべきことでもないし……そうね、わからなくても無理はないわね。心の機微にうとい男たちには」

アンリエットはほほえみを浮かべながら、したたかな、軽蔑と同情の入りまじった表情で、男の肩に両手を置き、唇をさしだした。男は女のほうに頭をかしげて、女をかたく抱きしめた。ふたりの口と口が触れあった。ふたりは暖炉の鏡のまえに立っていたので、ふたりに瓜ふたつの、もう一組のカップルが置時計のうしろで接吻を交わしているかのようだった。

鍵のまわる音も、ドアのきしむ音も、何ひとつふたりには聞こえなかった。だが、突然、アンリエットは鋭い叫び声をあげ、リムザンを両腕で押しのけた。ふたりはパランの姿に気づいた。こぶしを握りしめ、靴を脱ぎ、帽子をかぶったままのパランが、血の気のうせた顔でふたりを見つめていた。

パランは目だけをすばやく動かして、ふたりを交互に眺めていた。まるで正気を失ってしまったかのようだった。そして、ひとことも発することなくリムザンに飛びかかり、息の根を止めようとするように力いっぱい押さえつけ、猛烈な勢いで相手を客間の隅まで突きとばした。足場を失ったリムザンは、ただ両手をばたばたさせるばかりで、壁に激しく頭を打ちつけそうになった。

恋人が夫に殺されてしまうと思ったアンリエットは、パランに襲いかかり、その首をつかんで、ほっそりした薔薇色の指で絞めあげた。死にものぐるいで絞めあげたので、爪の下の皮膚から血がにじんだほどだった。それればかりか、自分の歯で相手の身体を引き裂いてやろうとばかりに、パランの肩に嚙みつきもした。首を絞められて息の詰まったパランはリムザンを放し、首にしがみついた妻を振りほどこうとした。妻の胴をつかむと、客間の反対側まで、一気に突きとばした。

とはいえ、人のいい男のことだから怒りは長つづきせず、柄《がら》にもない暴力ざたもそこまでで、あとはもうどうしていいかわからず、息を切らし疲れきって、妻と愛人のあいだに立ちつくしていた。突然の激しい怒りは、栓を抜いたシャンパンの泡のように、いまの騒ぎで消えうせてしまった。自分でも意外に思うほどの思いきった行動に出たが、いまやその気力もすっかり使いはたしてしまった。

ようやく口がきけるようになると、口ごもりながら言った。

「出ていけ……ふたりとも……いますぐ出ていくんだ！」

リムザンは客間の隅で壁に寄りかかったまま、身じろぎもせずに突っ立っていた。とっさのことでわけがわからず、おびえて指一本動かすことすらできなかった。アンリエットは円《まる》テーブルの上に両のこぶしをつき、髪の乱れた頭をまえに突きだしていた。胴着ははだけ、胸をあらわにしたまま、いまにも襲いかかろうとしている野獣のように身がまえていた。

パランは声を大にしてふたたび言った。

「出ていけ……さっさと出ていけ！」

夫の興奮がおさまったと見てとると、にわかに妻は大胆になり、身を起こしてパランに歩みよった。そして、横柄とも言える口調で、

「頭がおかしくなったの？……いったいどうしたのよ？……なによ、いまの暴力ざたは。あきれてものも言えないわ」

パランは妻のほうに向きなおり、ぶちのめそうとするかのようにこぶしを振りあげ

ると、言葉をもつれさせながら言った。

「な、なんだと！　もう……もう、がまんならない……おれは、おれは聞いたんだ……なにもかも聞いたんだ……なにもかもだ……わかるか、なにもかもだ……まったく、なんてやつらだ……おまえたちはくずだ……ふたりとも人間のくずだ！……出ていけ……ふたりとも、いますぐ出ていけ！……さもないと殺してやる……出ていけ！」

アンリエットはもうおしまいだと悟った。夫が知ってしまった以上、もう潔白を主張することはできないし、相手に屈服するしかない。ところが、こうなったら開きなおって腹をくくろうという気になった。夫にたいする憎しみもいまや頂点に達して、なにも恐れるものがなくなった。こちらの弱みを見せることなく、なんとか相手にひと泡吹かせてやりたいと思った。

そしておちつき払った声で言った。

「いらっしゃい、リムザン。追いだされてしまったから、あなたの家に行くわ」

だが、リムザンは動こうとしなかった。パランはふたたび怒りに駆られて叫んだ。

「さあ、出ていけ！……何度も言わせるな……この人でなしめ……いいか、さもないと！」

パランは椅子をつかんで頭上に振りかざした。

それを見て、アンリエットは急ぎ足で客間をよこぎった。愛人の腕をつかむと、へばりついている壁からひき離し、いっしょにドアに向かって歩きながら、こうくり返した。「さあ、行きましょう、あなた……よくわかったでしょう、この男は頭がおかしくなっているの……さあ、行きましょう」

部屋を出るとき、アンリエットは夫をふり返って、この家を去るにあたり、なにか仕返しできることはないか、相手の心を傷つけられることはないかと考えた。ふと、いい考えが頭をよぎった。いかにも不実な女が思いつきそうな、相手の致命傷となる、悪意にみちた考えが。

アンリエットはきっぱりと言った。「わたしの子どもを連れていくわ」

パランは呆気にとられて、口ごもりながら言った。「きみの、きみの子どもだって？……よくも自分の子どもだなんて言えるな……子どもを、子どもを連れていきたいだと？……よくもまあ……さんざん勝手なことをしておいて……虫がいいにもほどがある……とっとと出ていけ、売女《ばいた》め！……出ていけ！」

アンリエットは戻ってきた。うす笑いを浮かべ、してやったりという顔で、間近から面と向かって、

「わたしの子を連れていくだけよ……あの子を手もとに置く権利なんか、あなたにはないの。だって、あなたの子じゃないんですもの……どう、わかった。あなたの子じゃないの……リムザンの子なのよ」

パランはとり乱して、大声をあげた。「嘘だ……嘘だ……人でなしめ！」

だが、アンリエットはつづけた。「おめでたい男ね。みんな知っているわ。知らないのはあなただけ。こっちにいるのが本当の父親よ。よく顔を見ればわかるじゃないの」

パランはよろめきながら後《あと》ずさった。そして、いきなりうしろをふりむくと、ろうそくを手にとって、隣室にとび込んだ。

すぐに戻ってきたが、毛布にくるまったジョルジュ坊やを両腕にかかえていた。いきなり起こされた子どもは、びっくりして泣いていた。子どもを投げるように妻に手わたすと、無言のまま、パランは部屋のそとへ妻を手荒く押しだした。階段のそばでは、リムザンが警戒しながら待っていた。

パランはドアを閉め、鍵を二度まわしてから、差し錠をかけた。客間に戻るやいなや、寄木張りの床にばったりと倒れた。

II

パランはひとり寂しく暮らした。妻と別れてからの数週間は、新しい生活にとまどって、あまりものを考えることもなかった。ふたたび独身生活をはじめて散歩の習慣も復活し、以前のようにレストランで食事するようになった。世間体を気にして、妻には代理人の決めた年金を払うことにした。ところが、日ましに子どもの思い出が胸をよぎるようになった。夕方、ひとり自宅にいると、ふいにジョルジュの声が、「パパ」と呼ぶ息子の声が聞こえたように思うことがよくあった。すると、たちまち動悸がして、慌てて立ちあがり、階段のドアを開け、ひょっとして息子が戻ってきたのではないかと、あたりを見まわさずにはいられなかった。犬や鳩のように、子どもだって戻ってくるかもしれないではないか。動物より人間の子どものほうが、そうした本能が弱いとも思えない。

思いちがいだとわかると、自室に戻って肘かけ椅子に腰かけ、息子のことを考えた。何時間も、くる日もくる日も、しじゅう子どものことを考えた。それはたんに精神的な妄執であるばかりでなく、むしろ肉体的な妄執であり、肉感的な欲求だった。矢も楯もたまらず子どもに接吻し、この腕に抱き、身体を撫でまわし、自分の膝に乗せ、両手で持ちあげたり逆さにしたりしたかった。息子を愛撫した思い出が胸にひろがると、いたたまれない気持になった。自分の首にまきつく小さな腕、キスをするためにひげに押しあてられたかわいらしい口、頬をくすぐるきれいな髪の毛。もはや子どもに甘えてもらうことはできないし、あの温かく愛らしい、きめこまかな肌に接吻することもできないのだ。そう思うと、まるで逃げ去った愛人を追いもとめているかのように、心がかき乱された。

通りを歩いていると、かつて息子と散歩したことを思いだして、突然泣きだすこともあった。自分のかたわらをちょこちょこ歩くジョルジュ坊やは、もういないのだ。パランは家に戻ると、両手で頭をかかえて、夕方まで泣きつづけた。

そして、何度も何度も自問した。《あの男はジョルジュの父親なのか、それともちがうのか？》とりわけ夜になると、この問題が脳裡にまつわりついて離れなかった。

ベッドに身を横たえるやいなや、毎晩のように、この果てしない問答が始まった。

妻が家を出た当初は疑っていなかった。リムザンの子にちがいないと思った。ところが時が経つにつれ、迷いが生じてきた。アンリエットはそう言ったが、もちろん事実であるとはかぎらない。こちらの気をくじくために、あえて不快なことばを投げつけたのだ。冷静に考えてみると、嘘をついている公算も大きい。

おそらくリムザンなら真実を告げることができるだろう。とはいえ、どうしてそれを知ることができよう？　どうやってあの男に尋ね、どうやって聞きだしたらいいものか？

パランは夜なかに起きあがって、リムザンに会いに行こうと思うことがあった。この耐えがたい苦悩に終止符を打つため、あの男の欲するものならなんでも提供すると言って、懇願してみるのだ。だが、あの男はきっと嘘をつくにちがいない。そう思いなおして、うちひしがれ、ふたたび床につくのだった。こちらが本当の父親だとしても、子どもをとり戻すのを邪魔するため、きっと嘘をつくだろう。

ならば、どうしたらいい？　なす術《すべ》はない！

パランは急いでことを荒だてたのを悔やんだ。よく考え、知らないふりをしながらもう一、二カ月じっと待って、自分自身の目で確かめるべきだったのだ。少しも疑っていないように見せかけ、徐々にぼろを出すように仕向けるべきだった。リムザンがあの子にキスするところを見るだけで、充分ではないか。ただの愛人なら、父親のようにキスはしないだろう。ドアのかげから覗くこともできたはずだ。どうしてそれを思いつかなかったのか! リムザンがジョルジュとふたりきりになったとき、いきなり子どもを抱きしめてキスの雨を浴びせたりしなければ、あるいは、子どもには目もくれずに勝手に遊ばせておくようであれば、なんら疑いの余地はなかったことだろう。リムザンは父親ではない。自分が父親だと思ったことはなく、その自覚もないのだから。

そうであったら、母親を追いだしても、息子は手もとに置いておくことができたから、幸福に、いたって幸福に暮らすことができたかもしれない。

パランはベッドのなかで寝返りをうち、汗をかいて身悶えしながら、息子にたいするリムザンの態度を思いだそうと努めた。しかし、何ひとつとして思いだすことはできなかった。身振も、まなざしも、ことばも、愛撫も、何ひとつ思いうかばなかった。それに、母親はどうだ、ほとんど子どもをかまってやらなかったではないか。もし、愛人とのあいだの子どもであったら、もっとかわいがっていたはずなのに。

ということは、息子をとりあげたのは、不意打ちをくらったことへの腹いせであり、仕返しだったのか。

夜が明けると、ジョルジュをとり戻すため、さっそく裁判所へ要請に出むくことにした。

ところが、そう決心した矢先に、それとは反対の確信が胸をよぎった。結婚した当初から、リムザンはアンリエットの愛人だった。妻は心を許し、激しく、情熱的に男を愛してきたのだから、その子どもを身ごもったとしても不思議はない。自分たちの夫婦関係においては、アンリエットはいつも冷ややかな態度をとっていた。そのことが、パランの子を宿す障碍《しょうがい》になったかもしれない。

だとすれば、自分が要求しようとしているのは、他人の子をひきとり、自分の家に置き、世話をすることなのだ。子どもの顔を眺め、接吻し、「パパ」と呼ばれるたびに、《これはおれの息子じゃない》という思いに苦しみ、責めさいなまれるのだ。四六時中こうした責め苦を受け、悲惨な暮らしを送らねばならないのだ。ごめんだ。だったらひとりで、ひとりきりでいるほうがいい。ひとりで老い、ひとりで死ぬほうがましだ。

毎日、毎晩、こうした忌まわしい疑惑と苦悶がくり返され、それらを抑えることも、終わらせることもできなかった。とりわけ、夜の闇が迫り、哀愁のただよう夕暮どきが怖かった。そうしたとき、さながら雨のように悲しみが心に降りそそぎ、暗闇とともに降りてくる絶望に全身が浸されて、狂おしい気分になるからだ。悪人を恐れるように、パランは自分の胸にくすぶる思いを恐れた。そして、追いつめられた獣のように、そうした思いから逃れようとした。なによりも、真っ暗で恐ろしげな、がらんとした自分の家が怖かった。それに、ところどころにガス燈の明かりが見えるだけの、人けのない街路も。たまに通りかかる者がいて、その足音が遠くから聞こえてくると追いはぎではないかと思い、足音のするのが前方か後方かによって、足をゆるめたり速めたりするのだった。

明るく、人の多い大通りに、パランは無意識に足を向けた。照明と人込に心を惹《ひ》かれるからだが、そうした場所に身を置くと気をまぎらすことができた。雑踏のなかをあてどなくさまようことに疲れ、通行人の姿もめっきり減って歩道に人影もまばらになると、寂寥《せきりょう》と静寂が恐ろしくなって、煌々《こうこう》と照明のともった、酔客でいっぱいの大きなカフェに向かわずにはいられなかった。火にひき寄せられる蠅のようになかに入ると、小さな円テーブルのまえに腰かけ、ビールを一杯注文した。客がひとり、またひとりと席を立って出ていくのを横目で見ながら、パランはゆっくりとビールを飲んだ。できることなら客の腕をつかんでひきとめ、もう少しいてくれと頼みたいところだった。ギャルソンがまえに立ち、いらだった声で「お客さん、閉店ですよ！」と告げるのが怖かったのだ。

毎晩、パランは最後まで残っていた。テーブルが片づけられ、ガス燈が一つひとつ消されていき、自分の席とカウンターの明かりだけが残された。レジの女が金を数えて引き出しにしまうのを悲しげな目で見やっていると、「しょうがねえな、ひと晩じゅういるつもりかよ」とつぶやく声が背後から聞こえてきて、ようやく腰をあげた。

暗い通りをひとりで歩いていると、またしてもジョルジュのことが頭に浮かんで、あれこれ考えた。自分はあの子の父親なのか、そうではないのか。なんとしてもそれが知りたい。そうした思いに煩悶《はんもん》した。

こうして、足しげくビヤホールに通うようになった。ここなら、無言のまま、気のおけない人々と隣りあわせでいられた。パイプの脂っこい煙は不安を鎮めてくれるし、濃厚なビールは感覚を鈍らせ、心をおちつかせてくれた。

ビヤホールが生活の場になった。朝起きるとすぐ、寂しさをまぎらすため、客の姿を求めて店にやってきた。やがて、移動するのがめんどうになり、ここで食事をするようになった。昼ちかくになると、コーヒーの受け皿で大理石のテーブルを叩く。すると、すぐさまギャルソンが皿、グラス、ナプキンと、その日の昼食を運んでくる。食べ終わると、ゆっくりコーヒーを飲みながら、コニャックの小瓶《カラフォン》にじっと目をそそぐ。この酒のおかげで、少なくとも一時間は陶然たる心地でいられる。まず、コニャックに唇を浸し、味見でもするかのように、舌の先で触れてみる。ついで、顔を仰向け、口のなかに一滴一滴流しこんで、この強い酒を口蓋、歯茎、頰の粘膜にゆっくりと行きわたらせ、湧きでてくる透明な唾液と混ぜあわせる。こうして、まろやかになった酒をありがたそうに飲みこむと、喉をつたわって胃の底まで流れていくのが感じられる。

食事のたびに、こうして一時間以上もかけてグラス三、四杯の酒をちびりちびりと飲みほしていくと、しだいに酔いがまわってくる。そうなると、頭を垂れ、目を閉じて、うとうとと居眠りをはじめる。午後の二時か三時近くになって目をさますと、さっそくビールのジョッキに手を伸ばす。眠っているあいだにギャルソンが置いていったものだ。それを飲みほすと、赤いビロード張りの長椅子の上に身を起こして、ズボンをひっぱりあげ、チョッキを引きおろし、ズボンとチョッキのあいだに見える白い線を隠したり、モーニングコートの襟をはたき、ワイシャツの袖口を服から引きだしてから、朝いちど読んだ新聞をふたたびとりあげる。

こうして、宣伝、求職欄、広告、株式相場表、劇場のプログラムにいたるまで、残らず読むことになる。

四時から六時まで、外気を吸ってくると称して目ぬき通り《レ・ブルヴァール》をひとまわりし、戻ってくると、いつもの席に腰をおろして、アプサント[4]を注文する。

それから、顔みしりになった常連客たちと世間話をする。その日のニュース、新聞の三面記事、政治上の事件について意見を交わし、それが夕食の時間までつづく。午後と同じように、そんな調子で閉店まで夜の時間を過ごすのだが、閉店の時刻がやっ

4 アブサンとも言う。にがよもぎ、ういきょうなどで香りづけした緑色のリキュールで、アルコール度が高く中毒性があるため、多くの国で製造・販売が禁止された。

てくるのが恐ろしくてたまらない。暗闇のなかに、人けのない部屋に戻らねばならないからだ。おぞましい思い出と、恐怖と苦悩の記憶にみちたあの家に。そこには、もはや旧友や家族の姿はない。過去の生活を思いおこさせる者は、誰ひとりとしていないのだ。

家が地獄と化してしまったので、大きなホテルの一室を借りることにした。中二階のきれいな部屋で、通行人の姿を眺めることができる。人の姿が絶えないこの宏壮なホテルで暮らしていると、孤独を感じずに済んだ。いつも自分のまわりに人の気配がするし、仕切壁のうしろからは人の声が聞こえてくる。毛布のめくれたベッドや、寂しい暖炉を目にしていると、かつての苦悩が胸によみがえり、いたたまれない気持になる。そうしたときは広い廊下に出て、閉じられたドアに沿って歩哨《ほしょう》のように歩きまわりながら、ドアのまえに仲よく並んだ履物を悲しげな目で眺める。男物の頑丈なアンクルブーツと、寄りそうように置かれた女物のかわいらしい靴。ここにいる人たちはおそらく幸福なのだとパランは思った。温かい寝床のなかで、枕を並べて、あるいは抱きあったまま、心地よい眠りについているのだ。

こうして五年の月日が流れた。ときおり、二ルイ[5]を払って二時間の恋愛を楽しむことを除けば、何ひとつめぼしい出来事のない、陰鬱な五年間だった。

　ある日のこと、いつものようにマドレーヌ広場からドルーオ通りにかけて散歩していると、ふと、ひとりの女の姿が目にとまり、はっとした。背の高い男と子どもがいっしょだった。三人は自分のまえを歩いている。《どことなく見おぼえがあるな》と思っていると、ふいに女の手ぶりでわかった。妻だった。妻とリムザン、それに息子のジョルジュだった。

　たちまち胸がどきどきして、息苦しくなった。それでも足を止めずに、三人のようすを見とどけてやろうと思ってあとをつけた。一見したところ、ごく普通の、中産《ブル》階級《ジョワ》の善良な一家といったところだ。アンリエットはリムザンの腕にすがって歩きながら、ときおり横を向いて、やさしく話しかけている。そのとき、横顔が目に入った。顔の優美な輪郭、口もとの動き、微笑、甘えるようなまなざしは、以前と変わらない。なによりも息子のことが気にかかった。驚くほど大きくなり、たくましくなった。昔のおもかげは認められないが、カールして襟足に垂れている長いブロンドの髪だけは

5　ルイは第一次大戦まで通用した二十フラン金貨。二ルイは四十フラン（約四万円）に相当。

見おぼえがある。ジョルジュだ。半ズボン姿で母親のかたわらを歩く背の高い少年は、見ちがえるほど大きく成長してはいるが、ジョルジュにまちがいない。

とある店のまえで一家が立ち止まったので、三人の顔がふいに目に入った。リムザンは髪が白くなり、老けこんで、やせ細っていた。それとは対照的に、妻のほうは以前にましてみずみずしく、むしろ、ふくよかになったように見えた。ジョルジュは以前とはまったくちがってしまい、見分けがつかなかった。

三人はふたたび歩きだした。パランはまたあとをつけた。大股で歩いていちど追いこしてから戻り、再度、三人を正面から間近に眺めた。息子のわきを通ったときには、両腕で抱えてさらってしまいたいという思いに苦しめられた。偶然を装って子どもの身体に触れてみた。息子はふり返って、不快げな目を向けた。その視線に衝撃を受け、傷つき、追われるようにパランは逃げだした。妻とその愛人に見られ、気づかれたのではないかと思うと恐ろしくてたまらず、泥棒のように逃げだした。走ってビヤホールにたどり着くと、息を切らしながら、椅子の上にがっくりと腰をおろした。

その晩は、アプサントをたて続けに三杯飲んだ。

四カ月間、この出会いは心の傷となって疼《うず》いた。毎晩のように、三人の姿が目に浮かんだ。夕食まえ、大通りを連れだって歩く、穏やかで幸福そうな父と母と息子の姿が。そうした新たなイメージが、かつてのイメージを消し去った。いままでとはまったく異なったイメージであり、新たな幻影をひきおこし、新たな苦痛をもたらした。幼いジョルジュは、かつてあれほどかわいがり抱擁してやった幼いジョルジュは、はるか遠くの過去のなかに消えうせてしまった。いま目に浮かぶのは別人のジョルジュだった。かつてのジョルジュの兄のような、脚をむきだしにした少年で、しかも、この子は自分を見てもだれだかわからないのだ！　そう考えるたびに、胸がはり裂けそうになった。あの子はもう自分を愛してはいない。ふたりのあいだには、もはやなんの絆も存在しないのだ。自分を見ても、あの子は手をさしだそうとはしなかったし、意地悪そうな目でこちらを眺めただけだった。

やがて、少しずつおちつきをとり戻し、しだいに苦悩もやわらいでいった。しばしば目に浮かび、毎晩のように脳裡に去来したイメージも、だんだんぼやけてきて、その回数も減ってきた。そして、ほぼ世間の人間なみの生活をふたたび送るようになった。大理石のテーブルでビールを飲み、長椅子のすりきれたビロードでズボンの尻をすり減らす、暇人の生活を。

パイプの煙のせいでめっきり老けこみ、ガス燈の炎の下で頭髪は薄くなった。主なできごとと言えば、週に一度の入浴、二週間ごとの散髪、衣服や帽子の買物くらいだった。新しい帽子をかぶってビヤホールにやってくると、席につくまえに、鏡に映った自身の姿をしげしげと眺め、つづけて何度も帽子をかぶったり脱いだりしては、いろいろなかぶりかたを試してみた。親しくなったレジの女が、そのようすをおもしろそうに眺めているので、「どうだい、似合うかな?」と尋ねた。

年に二、三回は劇場に足を運んだ。夏場はシャンゼリゼ大通りのカフェ・コンセール[6]で夜を過ごすこともあった。そこで耳にした歌を憶えてきて、何週間も頭のなかで歌ってみたり、ビールをまえに腰かけているときに、足で拍子をとりながら口ずさんでみたりした。

こうして、数年の歳月がむなしく過ぎていった。のんびりとした、単調な、それでいて意外に短く感じられた数年間だった。

月日が経過するという実感はなかった。行動を起こすことも、心が騒ぐこともなく、ただビヤホールのテーブルのまえにじっと坐って、少しずつ死に近づいていくのだった。日ごとに髪の薄くなっていく頭をもたせかけている大きな鏡だけが、人々を、憐れな人々を苛みながら過ぎ去っていく時間の、残酷な威力を映しだしていた。

自分の人生を奈落の底に沈めた、あのおぞましいできごとのことなど、いまではめったに考えなくなった。あの恐ろしい夜から二十年の月日が流れていた。

だが、その後の生活はパランを消耗させ、気力を奪い、疲弊させた。パランがビヤホールに通いだしてから主人は六人ほど代わったが、その六代めの主人からよくこう言われた。「もうちょっと元気をだしてくださいよ、パランさん。いい空気を吸いに、田舎にでも出かけたらどうです。二、三カ月もしたら、見ちがえるようになりますから。本当ですとも」

パランが出ていくと、主人は思っていることをさっそくレジの女に告げた。「気の毒になあ、パランさんは健康がすぐれないようだ。パリから出ようとしないのがよくないんだ。たまには郊外に出かけて、淡水魚のワイン煮《マトロート》でも食べるように勧めてくれないか。あんたのことは信頼しているようだからね。もうじき夏になる。そうしたら、

6 飲食物をとりながら歌やショーを見物できるカフェで、一八八〇～一九〇〇年にかけて最盛期を迎えた。カフェ・シャンタンとも言う。

元気になってくれるかな」

レジの女は常連のパランに同情していたし、好意を抱いてもいたので、毎日のように言った。「どうです、思いきって出かけてみませんか。お天気のいいときなんか、田舎はとってもきれいですよ。わたしだったら、できることなら一生田舎で暮らしたいくらい」

女はつづけて自分の夢を、単純で詩的な夢を話した。こうした憐れな娘たちは、一年じゅう店のガラス窓の奥に閉じこめられ、都会の軽薄で騒々しい生活を日々眺めているので、穏やかで心地よい田園生活を夢みずにはいられないのだろう。樹木に囲まれ、燦々と輝く太陽のもとで暮らす生活。陽光は、牧草地、うっそうとした森、澄んだ川の流れ、草のなかに寝ころんでいる雌牛、そして、ありとあらゆる草花の上に降りそそぐ。青、赤、黄、紫、藤色、ピンク、白の、とても可憐で、みずみずしく、かぐわしい、野に咲く花々。散歩しながら摘みとって、大きな花束をつくりたくなるような、野生の花々だ。

毎回レジの女は、実現したことのない、また実現しそうにもない、自分の永遠の願望を楽しそうに語った。そして、なんの希望もない年老いた憐れなパランは、喜んで女の話に耳をかたむけた。ちかごろはカウンターのそばに陣どって、このマドモワゼル・ゾエを相手に、田園について話しこむようになった。やがて、女が言うように田舎がそれほどいいものなら、いちどパリの外に出てみるのも悪くはあるまいと思うようになった。

ある朝、パランは訊《き》いた。

「パリの近郊で昼食をとるとしたら、どこがいいかな？」

女は答えた。

「だったら、サン＝ジェルマン[7]の高台の庭園《テラス》へ行ったらどうかしら。とってもきれいな所だから」

そこなら、婚約していたころ散歩に行ったことがあるので、もういちど出かけてみることにした。

とくに理由があるわけではないが、日曜日を選んだ。ウィークデーが空いていると

7　サン＝ジェルマン＝アン＝レー。パリ西郊の町。パリやセーヌ川を一望できる高台にある。また、十六世紀に建造された城もある。

はいえ、なぜか習慣的に日曜日に外出するほうが好ましく思えたからだ。

そんなわけで、とある日曜の朝、サン＝ジェルマンへ出発した。

七月の初旬で、からりと晴れあがった暑い日だった。車両のドア近くに坐って、パリ近郊の奇妙な形をした小さな家々や樹木が、どんどん遠ざかっていくのを眺めていた。パランは心が晴れなかった。新たな欲求に負けて、それまでの習慣を破ったことがおもしろくなかったのだ。風景は刻々と移りかわっても、さほど代わりばえがしないので、しだいに疲れてきた。喉も渇いた。できれば、ひと駅ごとに下車して駅裏のカフェに入り、ビールを一、二杯ひっかけてから、パリ行きの列車に乗って帰ってしまいたいくらいだった。おまけに、汽車の旅はやけに時間がかかるように思われた。目のまえの動かないものを見ているのなら、いち日じゅう坐っていても平気だが、ときどき席を変えながらもじっと坐ったまま、自分自身が動くことなく、車窓の風景がそっくり移動するのをただ眺めていると、だんだんいらいらしてくるし、うんざりもしてくる。

それでも、セーヌ川をよこぎるたびに、川の眺めに心を惹かれた。シャトゥー橋の下に、何艘かの競技用ボートが見えた。腕をむきだしにした漕ぎ手たちが力いっぱいオールを漕ぐと、ボートは一瞬浮きあがるようにして進んだ。《あの屈強な男たちは、退屈することなどないのだろうな》とパランは思った。

ル・ペック橋の両側に沿って、長いリボンのように広がる川を見ていると、心の奥底に、川岸を歩きまわってみたいという漠然とした思いが芽ばえた。しかし、汽車はサン＝ジェルマン駅の手まえのトンネルに入ってしまい、まもなく到着ホームに停《と》まった。

パランは列車をおりた。疲労で頭がぼんやりしていた。両手をうしろにまわして、高台《テラス》の庭園のほうに向かって歩きだした。鉄の欄干のあるところに着くと、立ち止まって地平線を眺めた。眼前には、海原のように広大な平野がはてしなく広がっていた。都市にひけをとらぬほど人口の多い、緑につつまれた大きな村々がひしめいている。白い街道がいくつもこの大きな平野をよこぎり、ところどころに森の一部を見ることができる。ル・ヴェジネの池は銀板のように輝き、遠方のうっすらと青みをおびた靄《もや》のなかに、サノワやアルジャントゥーユの丘をどうにか認めることができる。この広大な光景の隅々まで、暖かい陽光がふんだんに降りそそいでいた。あたり一帯がいくらかかすんで見えるのは、朝靄のせいであり、暖められた大地の汗が細かな霧となって蒸発したせいだ。くわえて、まるで蛇のようにくねくねと曲がりながら平野をめぐり、村々の周囲を迂回し、いくつもの丘に沿って流れる、セーヌ川の吐く湿った息のせいだろう。

穏やかなそよ風は、青葉と樹液の香りにみち、やさしく肌を撫で、胸の奥にしみ込んで気持を若返らせ、心を軽くし、血潮を沸きたたせてくれるように思われた。

パランは意外の感にうたれ、胸いっぱい息を吸いこむと、広々とした風景に目を見はって、思わずつぶやいた。「やっぱり来てよかった」

それから少し歩いてはまた足を止め、風景に見入った。新鮮な、未知のものを発見したように思った。それは目に見えるものではなく、心に感じるもので、いままで知らなかったできごと、一瞬かいま見た幸福、かつて味わったことのない喜びのようなものと言ったらいいだろうか。この広大な田園風景をまえにして、思ってもみなかった人生の地平が、突如として眼前にひらけたような気がした。

大地にあふれるまばゆい光で、いままでのひどく侘しい生活が一挙に照らしだされたように思えた。二十年におよぶ、鬱々とした、変化にとぼしい、カフェに入りびたりの胸のふさがるような生活。その気になれば、ほかの人たちのように旅行することだってできたはずだ。いろいろな場所へ、外国へ、海のかなたの見知らぬ土地へ行くことだってできたし、ほかの人々が熱中するもの、たとえば芸術だとか、学問だとかに興味を持つことだってできただろう。それに、人生を愛することだってできたはずなのだ。謎めいていて、魅力的で、かと思うと痛ましいものでもある人生を。つねに気まぐれで、つねに不可解にして奇妙でもある、各人各様の人生を。

とはいえ、時すでに遅しだ。家族も友人もなく、希望を持てないまま、なんの好奇心も抱くことなく、ビールを求めて死ぬまでほっつき歩くほかはないだろう。にわかに限りない悲哀が胸に込みあげてきて、この場から逃げだし、どこかに身を隠したくなった。いますぐパリに、ビヤホールに、あの酩酊のなかに戻りたいと思った。沈滞した心のなかで惰眠をむさぼっていたあらゆる思い、あらゆる夢、あらゆる願望が、広野に降りそそぐ陽光によって呼び起こされ、目ざめたのだ。

これ以上この場所にひとりでいたら、頭がおかしくなってしまうような気がしたので、急いでアンリ四世館[8]へ入った。昼食をとって、ワインと酒で気をまぎらし、せめてだれかと話をしようと思った。

田園一帯を見わたすことのできる、植込のなかの小テーブルを選んで席につき、料理を選ぶと、すぐ運んでもらった。

ほかの客たちもやってきて、近くのテーブルに席をとった。ひとりではなくなって、パランはほっとした。

青葉におおわれた園亭で、三人の客が食事をしている。さしたる関心もないまま、見るともなく、いくどか三人のほうに目を向けた。

ふいに女の声が耳に入り、心底から震えあがった。

その声はこう言っていた。「ジョルジュ、鶏肉を切ってちょうだい」

「ああ、ママ」と答える声がした。パランは顔をあげ、即座に三人がだれかを理解し、見ぬいた。たしかに、ひと目で見分けがつかぬほど、三人は様変わりしていた。妻はすっかり髪が白くなって、でっぷりと太り、きまじめな顔をした貫禄ある老婦人になっていた。ナプキンを胸につけているものの、しみがつくのを心配して、顔をまえに突きだすようにして食べている。ジョルジュはもう立派な大人だ。見れば、頬ひげをたくわえている。青年たちによく見られる、頰のあたりで細かくカールさせた、まばらで、さほど見ばえのしないひげだ。シルクハットをかぶり、綾織の白いチョッキを着て、おしゃれのためだろうが、片眼鏡《かためがね》をかけている。パランは呆《あき》れかえって、

青年をまじまじと見つめた。これが息子のジョルジュなのか？　いや、こんな若者は知らない。昔のジョルジュとこの若者とのあいだには、なんら共通するものがないではないか。

リムザンはいくらか曲がった背をこちらに向けて食べている。ようするに三人とも幸福で、なに不自由なく暮らしているように見うけられた。わざわざ田舎まで足を運び、有名なレストランで食事をしているのだ。おちついた、心なごむ生活を送っていることはまちがいない。暖かい、心地よい住居で家庭生活を営んでいるのだろう。そうした住居には、人生を快適にしてくれるあらゆる些事《さじ》が、愛情から生まれるあらゆるやさしさが、愛しあっている人々が交わすあらゆる甘いことばが満ちているはずだ。そうした暮らしができるのも、パランの、つまりこの自分の金のおかげではないか。自分を欺き、自分からすべてを奪い、自分を奈落の底につき落とした結果ではないか！　世間知らずの、純朴な、お人よしの自分に、やつらは侘しい孤独な暮らしを強いたのだ。歩道とカウンターのあいだで過ごす耐えがたい生活を、あらゆる精神的な苦しみを、あらゆる肉体的な苦痛を強いたのだ。やつらのおかげで自分は世間から忘れられ、自分を見うしない、役立たずの人間になってしまった。

いかなる喜びも期待できず、だれにも、なににたいしても、まったく希望を抱くことのない、憐れな老人になりはててしまった。この世に何ひとつ愛するものがない以上、世界など無意味だった。人々のあとを追いかけたり、街路を走りまわったり、パリのあらゆる家のなかに入りこんだり、あらゆる部屋のドアを開けたりすることはできる。だが、いかなるドアのうしろにも、探しもとめているいとしい顔を、自分を見てほほえみかけてくれる女や子どもの顔を見いだすことはできまい。ドアを開けたとき、そこにだれかがいて、抱きしめてやることができたら。そうしたことを考えると、たまらなくつらかった。

こうなったのも、そこにいる三人の人でなしのせいではないか！　あの下劣な女、あの卑劣な友人、それに、偉そうにしているあの背の高い金髪の若者のせいではないか。

いまや、ほかのふたりと同じくらい、子どもを憎らしく思っていた。やはりジョル

8　十六世紀に建造された城（シャトー・ヌフ）の一部を改造して造られたレストランホテルで、現在も営業をつづけている。

ジュはリムザンの息子なのだろうか？　そうでなければ、世話をしたり、かわいがったりはしないだろう。リムザンはジョルジュが自分の子だとわかっていなかったら、子どもとその母親をとっくに見かぎっていたにちがいない。他人の子どもを、だれがすき好んで育てるものか。

ともあれ、三人はすぐ近くにいる。自分をあれほど苦しめた、悪党三人は。

パランはいらいらしながら三人を眺めていた。いままでの苦悩、不安、絶望をことごとく思いだすと、ふつふつと怒りが沸きおこってきた。とりわけ、三人のおちつき払った満足げなようすが癇《かん》にさわった。やつらを殺してやりたい、手もとの炭酸水の瓶を投げつけてやりたいと思った。そして、リムザンはひっきりなしに皿から顔をあげたりさげたりしているが、その頭をたたき割ってやりたかった。

こうして、なんの気苦労も不安もなく、三人は暮らしていくのだろう。いや、だめだ。どうあっても赦《ゆる》すことはできない。復讐してやらねば。やつらはすぐ近くにいるのだから、いますぐ恨みを晴らしてやる。だが、どんな方法で？　パランは頭をひねって、新聞連載小説に出てくるような恐るべき手段をあれこれ思いうかべたが、実際に使えそうなものは何ひとつ見つからなかった。そこで、たてつづけに酒をあおって士気を高め、度胸を据《す》えて、とにかくこの千載一遇《せんざいいちぐう》の好機を逃してはならないと思った。

ふと、いい考えが、恐ろしい考えが浮かんだ。飲むのをやめて、その考えをじっくり練ることにした。唇にしわを寄せてほほえみながら、パランはこうつぶやいた。

「やつらを逃がさないぞ、そうとも、逃がすもんか。さあて、どうしてやるか」

ギャルソンが訊いた。「なにかご注文は？」

「けっこうだ。コーヒーとコニャックだけくれ。上等のやつをな」

小さなグラスの酒をちびちび味わいながら、パランは三人を眺めていた。このレストランでは人が多すぎて、思っていることを実行に移しにくい。だから待つことにした。それからあとをつければいい。どうせ高台《テラス》の庭園か、森を散歩するにきまっている。やつらの周囲に人が少なくなったら、追いついて、それから復讐を、そうだ、復讐を開始するのだ。早すぎることはない、二十三年間も苦痛を耐えしのんだのだから。ああ、これから自分たちの身になにが起こるのか、やつらは夢にも思ってはいまい。

三人は心おきなく語りあいながら、のんびりと食事を終えようとしていた。三人の話し声は聞こえなかったが、おちつき払った身振は目にすることができた。妻の顔を見ていると、とりわけ腹が立った。いかにも尊大にかまえ、太った信心家のように見える。信念の鎧《よろい》をまとい、貞節で武装した、近よりがたい信心家のように。

やがて三人は勘定を済ませ、席を立った。そのとき、はじめてリムザンを正面から見た。引退した外交官といったふぜいで、しなやかな白い頬ひげをフロックコートの折り襟に垂らし、堂々たる貫禄をそなえている。

三人は外へ出た。ジョルジュは帽子を斜《はす》にかぶって、葉巻をふかしている。パランはすぐあとをつけた。

まず、三人は庭園をひとまわりして、腹を満たした人々がそうするように、静かに風景を嘆称した。それから森のなかへ入っていった。

パランはしめたとばかりに遠くからあとをつけ、あまり早く気づかれてはまずいので、ときおり身を隠した。

緑葉と暖かい空気に身を浸しながら、三人はゆっくりと進んだ。アンリエットはリムザンの腕につかまり、自信にみち、威厳を漂わせながら、その右側を歩いている。ジョルジュはステッキで木の葉を叩いたり、ときおり道路の溝を跳びこえたりしていた。その姿には、勇みたった若駒が葉叢《はむら》につき進もうとするときの、軽やかな跳躍を思わせるものがあった。

パランは興奮と疲労で息を切らしながら、少しずつ近づいていった。もうほとんど足が動かなかったが、やがて三人に追いついた。ところが、とつぜん恐怖に、漠然とした説明しがたい恐怖におそわれて、ひとまず三人を追いこした。戻ってきて、正面から三人に対峙するつもりだった。

胸をどきどきさせ、背後に三人を感じながらパランは進んだ。そして、心のなかでこうくり返した。《さあ、いよいよだぞ。肝《きも》を据えろ、思いきっていくんだ。この機会を逃すな》

ふり返ると、三人は大木のそばの草の上に腰をおろして、あいかわらずしゃべっていた。

パランは腹をきめ、急ぎ足で戻った。三人のところまで来ると、道の真ん中で立ち止まり、興奮によるかすれ声で、口ごもりながら言った。

「わかるか、わたしだよ。どうだ、驚いたか」

三人はいきなり現れた男をしげしげと見ていたが、頭がおかしいのではないかと思った。

パランはなおもつづけた。

「そうか、だれだかわからないか。さあ、よく見ろ。パランだ、アンリ・パランだ。どうだ、びっくりしたか。とっくの昔にけりがついて、まさか二度と会うことはないと思っていたんだろう。おあいにくさま、こうして戻ってきたんだ。さあ、話をつけようじゃないか」

アンリエットはおろおろして、両手で顔をおおい、小声でただ「ああ、どうしましょう」と言うばかりだった。

母親が見知らぬ男から脅されているように見えたので、ジョルジュは立ちあがって、相手の襟もとをつかもうとした。

リムザンは呆然《ぼうぜん》として、突如姿を現した男をおびえた目で見つめていた。パランはしばらく息を切らしていたが、やがてこうつづけた。「さあ、さっそく話をつけようじゃないか。やっとその時が来たんだからな。どうだ、驚いたか。おまえたちはぼくに囚人のような苦しい生活を強いたんだ。そして、二度と顔を合わすことなどあるまいと、高《たか》をくっていたんだろう」

そのとき、若者はパランの両肩をつかんで押しやると、

「頭がおかしいんじゃないのか。いったいなにがしたいんだ？　さっさとむこうへ行け、さもないと痛い目にあわすぞ」

パランは言った。

「なにがしたいかって？　こいつらがどんな人間か、きみに教えてやりたいのさ」

だが、ジョルジュはいきり立って、相手の身体を揺さぶり、いまにも殴りかかろうとした。パランはつづけた。

「さあ、放したまえ。ぼくはきみの父親だ……ほら、見てみろ。やつらも、やっとぼくがだれだかわかったようだ。人でなしどもめ」

若者はぎょっとして両手を放し、母親のほうをふりむいた。

身体が自由になると、パランは女に歩みよった。

「どうした？　ぼくが何者なのか、きみの口から言ってやれ。ぼくはアンリ・パランという者で、あの子の父親だとな。だって、そうだろう、あの子はジョルジュ・パランという名前で、きみはぼくの妻なんだからな。しかも、きみたち三人はぼくの金で暮らしているんだ。きみたちを追いだしてから、ぼくの送っている一万フランの年金でな。ついでに、なぜ追いだされたのかも話してやるといい。きみがこの破廉恥《はれんち》で卑劣な情夫とよろしくやっているところを見つかったからじゃないか！――さあ、言ってやれ。お人よしのぼくと財産目あてで結婚し、最初の日から裏切っていたことをな。それに、きみがどんな女で、ぼくがどんな男かってことを……」

パランは息を切らし、怒りにわれを忘れて、ことばに詰まった。

アンリエットは悲痛な声で叫んだ。

「ポール、ポール、止めさせて、黙らせるのよ。そんなこと、息子のまえで言わせないで！」

こんどはリムザンが立ちあがって、小声でつぶやくように言った。

「黙れ、黙るんだ。自分のしていることが、わかっているのか」

パランは色めきたって答えた。

「自分のしていることくらい、よくわかっている。だが、まだ言いたいことがある。知りたいことがひとつあるからな。二十年間、ぼくを苦しめてきたことだ」

そう言うと、唖然として木にもたれかかっているジョルジュのほうを向いて、

「いいかい、この女が家から出ていくとき、ぼくを裏切っただけでは足りないとみえて、ぼくを絶望させようと思ったんだ。ぼくの慰めとなったのはきみだけだった。

だから、この女はきみを連れていってしまった。きみの父親はぼくではなく、そこの男だと言ってね。真実かどうかはわからない。しかし、二十年のあいだ、ぼくはそのことばかり考えてきた」

パランは恐ろしい、悲愴なおももちでアンリエットに近づくと、顔をおおっている手をひき離した。「さあ、きょうこそ言ってもらうぞ。この若者の父親はどっちなんだ、リムザンかぼくか、愛人か夫か。さあ、どっちなんだ」

リムザンが襲いかかってきた。それを押しのけると、パランは皮肉たっぷりに言った。「おやおや、きょうはばかに勇敢じゃないか。ぼくが絞め殺そうとしたとき、きみはあわてて階段へ逃げたな。あの日よりもよっぽど勇敢だ。さて、アンリエットが答えてくれない以上、きみの口から言ってもらおう。きみにもわかるはずだからな。きみはあの青年の父親なのか？　さあ、どうなんだ！」

パランはふたたび女のほうに戻った。

「どうしてもぼくに言いたくないのなら、せめてきみの息子に言ってやれよ。もうりっぱな大人だからな。あの子にだって、父親がだれなのか知る権利はあるだろう。ぼくにはわからない。ついに知ることができなかったんでね。だから、坊や、きみに教えてやることができないんだ」

パランはひどく興奮して、その声も鋭くなった。そして、引きつった両腕を振りあげて言った。

「さあ、答えろ……わからないのか。そうだろうな、自分でもわからないんだろう……わかるわけがない、なにしろ両方の男と寝たんだからな……こいつは滑稽だ。だれにも、だれにもわからないときてる……だいいち、わかるわけがない……そうだろう、坊や、きみにだってわからない、ぼくとおんなじだ……そうだ、あの女に、あの女に訊いてみたらいい……いや、だめだな、あの女にもわからない、きみにもわからない、だれにもわからない……だが、きみは選ぶことができる。そうだ、父親をな。あの男かぼくかを選ぶことができるんだ……だったら選んだらいいさ……じゃあな、このへんでおしまいにしよう……もしも、あの女がきみに告げる気になったら、ぼくにも教えてくれ。ホテル・コンティナン[9]にいるから……教えてもらえれば嬉しいんだがね……じゃあ、さようなら。せいぜい楽しんでくれ」

しきりに身振をまじえてひとりで話しつづけながら、樹液の香りにみちた、ひんやりとしたうつろな空気に包まれて、パランは大きな木々の下を遠ざかっていった。ふり返って三人を見ることはいちどもなかった。激しい怒りに駆られ、血を沸きたたせて、もっぱらさきほどのできごとを考えながら、わき目もふらずに歩いていった。気がついたら駅まえに来ていた。汽車が出るところだったので、それに乗った。しだいに怒りもおさまり、分別をとり戻した。パリに着くと、われながら自分の大胆なふるまいに愕然とした。

綿のように疲れていたが、それでも一杯やるためにビヤホールに向かった。パランが入ってくるのを見ると、レジの女は意外な顔で、こう尋ねた。「あら、もうお帰り？　お疲れになったでしょう」

パランは答えた。「ああ、疲れた……ひどく疲れたよ……もう、くたくただ。わかるだろう、めったに外出したことがないんでね。でも、これが最後だ。二度と田舎なんかに行くつもりはないね。ここにいるほうが、よっぽどましさ。もう出かけるのはごめんだ」

9　原文ではオテル・デ・コンティナンHôtel des Continents。なお、似た名前のオテル・デュ・コンティナンHôtel *du Continent*がパリ一区、モン＝タボール通りに現存する。

マドモワゼル・ゾエは郊外散歩のもようを聞きたかったのだが、とうとうしゃべらせることができなかった。

その晩、パランは生まれてはじめて酔いつぶれてしまい、自宅まで運んでもらわねばならなかった。

悪魔

LE DIABLE

死にかけている老婆のベッドをまえにして、農夫は医者と向かいあって立っていた。まだ意識のはっきりしている老婆は、観念したようすで静かにふたりの男を眺め、その話に耳を傾けていた。死期が迫っているものの、老婆はおちつき払っていた。九十二歳にもなったのだから、もう充分すぎるくらい生きたというわけだろう。

開けはなした窓やドアから、七月の陽ざしがたっぷりと入りこんでいた。四代にわたり、田舎者の木靴で踏みつけられて波を打っている土間に、熱い光を投げかけている。熱気をふくんだそよ風にはこばれて、野原の匂いも入ってきた。真昼の太陽に焼かれた草、小麦、木の葉の匂いだ。飛蝗《ばった》が声を限りに鳴いている。野づらにひろがるにぎやかなその声は、縁日で子どもが買う木製の飛蝗の声にそっくりだ。

医者は声を高めて言った。

「オノレ、おっかさんにつき添っているんだぞ。いかんせん容態が容態だから、目を離すなよ」

農夫は弱りきった顔で、くり返した。

「だけんど、小麦のとり込みをしなけりゃならねえ。長いこと畑に置きっぱなしなもんで、いまやんねえとな。そうだろ、おっかさん?」

死の床にあっても、ノルマンディー人特有の強欲[1]にとりつかれている老婆は、目と顔でうなずいてみせ、自分にかまわず小麦のとり込みに行くよう促した。

だが、医者は足を踏みならして憤慨した。

「この人でなしめ。いいか、そんなことは断じて許さんぞ、わかったか。どうしても今日じゅうにとり込みをしなければならんのなら、いいか、ラペの婆さんを呼ぶんだ。そして、おっかさんの面倒をみてもらえ。いいな、必ずそうしろよ。もし言うことを聞かなかったら、おまえが病気にでもなってみろ、犬っころみたいに野たれ死にさせてやる、わかったな」

1 ノルマンディー人には狡猾な人間、抜け目のない人間という意味もある。

農夫はやせて背が高く、動作のにぶい男だった。医者を恐れていたが、出費を惜しむ気持も強く、どうしていいか決めかねていた。胸算用をしつつ、ためらいながら小声で訊《き》いた。

「ラペの婆さんに頼んだら、いくらかかるんかのう?」

医者はどなりつけた。

「知るか、そんなこと。頼む時間にもよるだろうが。とにかく、とっとと話をつけてこい。一時間後には婆さんに来てもらうんだぞ、いいな」

ようやく男は決心した。

「行ってくる、行ってくるだ。だから、そんなに怒らんでくだせえ、先生」

医者はこう言いのこして、出ていった。

「わかってるだろうが、必ず頼みに行くんだぞ。言いつけに背いたら、ただではおかんからな」

医者が出ていくと、男は母親のほうを向き、しかたなさそうに言った。

「先生がああ言うもんだから、ラペの婆さんを呼んでくるだ。心配いらねえ、すぐ戻ってくっから」

そう言って、男も出ていった。

ラペの婆さんはアイロンかけを仕事にしている老女だが、村や近隣の地域で死にかけている病人や死人がでると、そのつき添いもしていた。お得意さんをシーツのなかに縫いこんで二度と抜けだせないようにすると、すぐさま自宅に戻り、こんどは生きた人間の下着にアイロンをかける。前年の林檎のように皺《しわ》だらけで、底意地が悪く、やきもち焼きで、驚くほどしみったれだった。年じゅうアイロンかけをしているせいか、腰がひどく曲がり、まるで身体がふたつに折れてしまったかのようだ。死にぎわに立ちあうことに、並々ならぬ、破廉恥《はれんち》な喜びを感じているようだった。自分の目のまえで死んでいった人々の話しかせず、そのさまざまな死にざまを得々としゃべった。しかも、まるで猟師が狩猟の話をするように、どれも似たり寄ったりの臨終のもようをつまびらかに語るのだった。

オノレ・ボンタンが婆さんの家に入ると、村の女たちの飾り襟を染めるのに使う青い水を準備しているところだった。

オノレは言った。

「やあ、こんちは。元気かね、ラペの婆さん」

老婆は顔だけ向けて、

「ああ、変わりねえけど、そっちはどうだ？」

「おれはこのとおり元気だ。けど、おふくろがいけねえだ」

「おっかさんが？」

「ああ、おふくろがな」

「どうしただ？」

「いよいよあぶねえみてえだ」

婆さんは両手を水から出した。青みがかった透明なしずくが指先までつたわって、たらいに落ちた。

婆さんはいかにも気の毒そうな顔をして尋ねた。

「そんなに悪いんか？」

「医者はあすの朝までもたねえだろうって」

「そうか、そりゃあ気の毒になあ」

オノレは言いよどんだ。頼みごとを口にするまえに、前置めいたことを言わねばならないと思ったが、どうしてもそれが頭に浮かばない。そこで、単刀直入にいくことにした。

「最後まで看てもらうにゃ、いくら出したらいいんかのう? 知ってのとおり、こっちは金持じゃねえから、女中すら雇えねえ。だもんで、おふくろにゃずいぶん苦労をかけたし、くたくたになるまで働かせちまった。九十二になるってのに、十人ぶんくらい働いてただ。なかなかまねのできるもんじゃねえ……」

ラペの婆さんはもったいぶって答えた。

「料金はふたとおりあってな。金持にゃ、日中が四十スー[2]で、夜は三フラン。ほかの連中からだと、日中二十スー、夜四十スーもらってるから、おめえさんも同じでいいだ」

しかし、農夫はここで考えこんだ。母親のことはよく知っている。ねばり強く、かくしゃくとしていて、すこぶる丈夫な女だ。医者はああ言っていたが、あと一週間く

2　一スーは五サンチームに相当するから、四十スーは二フラン。日本円にして約二千円といったところか。

らいはもつかもしれない。

オノレは思いきって言った。

「いんや、おしめえまで看てもらうとして、いくらかかるか言ってくんねえか。まあ、運だめしみてえなもんだがな。医者が言うにゃ、もう長くねえそうだ。そうなりゃ、そっちが得して、おらのほうが損する。だけんど、ひょっとして、あしたか、もっと先までもったとしたら、こっちが得して、おめえさんが損するってわけだ」

婆さんはびっくりして、相手の顔を見つめた。いままで請負《うけおい》で病人のつき添いなどしたことがなかったからだ。どうしようかと迷ったが、運だめしをするのも悪くないと思った。とはいえ、騙《だま》されているような気もしないではない。

「おっかさんのようすを見んことにゃ、なんとも言えねえだ」

「なら、いっしょに来てくれ」

婆さんは手を洗い、すぐ農夫についていった。

途中、ふたりはひとことも口をきかなかった。ラペの婆さんはせかせかと急ぎ足で歩き、オノレは小川でも渡るように、長い脚を伸ばして大股で進んだ。

雌牛たちは暑さにぐったりして野原に横たわっていたが、ふたりが通りかかると重たげに頭をあげ、新しい草を求めて弱々しく鳴いた。

家に近づくと、オノレ・ボンタンはつぶやいた。

「待てよ、ひょっとして片がついちまってたら？」

無意識の願望が、その声によく表れていた。

ところが、母親は死んでいなかった。粗末なベッドにあおむけに寝て、安っぽい紫色の肌掛の上に、骨と皮になった手を組んでいた。その手は、蟹《かに》かなにかの奇妙な生き物を思わせ、リウマチと疲労と長年にわたる仕事のために、指が曲がって開くことができなかった。

ラペの婆さんはベッドのそばに寄り、瀕死《ひんし》の老婆を間近から眺めた。脈をはかったり、胸に触ったり、呼吸に耳を傾けたりしてから、病人に話しかけて声を聞こうとした。なおもしばらくようすを見ていたが、やがてオノレを連れて部屋から出た。オノレの考えは変わらず、母親は夜までもつまいと主張した。そして、こう尋ねた。

「どうかのう？」

ラペの婆さんが答えた。

「そうさな、二日、いんや三日くれえもつかもしれん。全部込で、六フランでどうだ」

　農夫は声をはりあげた。

「六フラン、六フランだと！　どうかしてるでねえか。せいぜいもっても、五、六時間ってところだろうが」

　それから、両人は長ながと議論をたたかわせた。だいぶ時間が経ち、婆さんはひきあげようとしていたし、小麦のとり込みも済ませねばならなかったので、とうとうオノレは折れた。

「わかっただ。そんじゃあ、六フラン出すが、遺体の始末もなにもかもひっくるめてってことでどうだ」

「承知した。なら、六フランでな」

　そう決まると、農夫は大股で小麦畑へ向かった。穀物を稔らせる強烈な陽ざしを浴びて、小麦は畑に横たわっていた。

　ラペの婆さんはひとまず自宅に戻った。

　そして針仕事を持ってきた。病人や死人のかたわらでも、婆さんは休むことなく仕事をした。自分の仕事をすることもあれば、雇われた家から頼まれた仕事をすることもある。こうして仕事をかけもちすることで、いくらか収入の足しになったのだ。

ふいに、ラペの婆さんは尋ねた。

「なあ、ボンタンのおっかさんや、終油の秘跡は授かったかね？」

老婆は首を振った。信心ぶかいラペの婆さんは慌《あわ》てて立ちあがった。

「あんりゃあ、なんてこった！　そんじゃ、すぐ司祭さまを呼んでくるだ」

婆さんは司祭の家へ駆けつけた。ひどく急いでいたので、それを見た広場にいた子どもたちは、なにかよくないことでも起こったのかと思った。

司祭は白い祭服をまとい、聖歌隊の児童をひとり連れて、すぐさま家を出た。児童は神のお通りを知らせるため、しんとした焼けつくような田園を進みながら、鈴を鳴らしつづけた。遠くで仕事をしていた男たちは、かぶっていた大きな帽子をとり、白い祭服が農家のうしろに隠れるまで、不動の姿勢で見送っていた。束ねた小麦を寄せあつめていた女たちは、立ちあがって十字をきった。黒い雌鶏たちは恐れをなして、身体を揺すりながら溝づたいに逃げ、よく知った穴のところまで来ると、慌ててそこへとび込んだ。牧草地の木につながれていた若駒は、白い祭服に驚き、ロープに結ばれたまぐるぐると回りだし、しきりに後脚を蹴りあげていた。赤いスカートをはいた聖歌隊の児童は足早に歩き、そのうしろから司祭がついてきた。司祭は四角い縁なし帽をかぶり、首を横にかしげながら、祈りの文句をつぶやいていた。ラペの婆さんはいちばんうしろからついてきた。身体を折りまげ、まるでひれ伏しているように前のめりになって、教会にいるときのように両手を合わせながら歩いていた。

遠くから三人が通るのを眺めていたオノレは尋ねた。

「司祭さんはどこに行くんかな？」

雇い人は主人より気のきく男だったので、こう答えた。

「聖体を持っていくんでねえかな、おふくろさんのとこへ」

オノレは驚きもせず、

「そうか、かもしんねえ」

そう言って、また仕事にとりかかった。

ボンタンのおふくろは告解を済ませ、罪の赦《ゆる》しを得て、聖体拝領をおこなった。司祭は女ふたりを残して、むっとするような藁《わら》ぶきの家へ戻っていった。

するとラペの婆さんは、病人が長くもつかどうかを考えながら、じっとようすを窺《うかが》いはじめた。

陽が傾いてきた。涼しい風が部屋に吹きこんで、二本のピンで壁にとめてあるエピナル版画[3]がはたはたと揺れた。窓の、以前は白かった小さなカーテンは、いまではすっかり黄色くなって、蠅のつけたしみで汚れていた。カーテンはまるで老婆の魂のように急いで出発したがって、もがき苦しみ、いまにも飛びたっていこうとしているかに思われた。

老婆は目を見開いたまま、身じろぎもしなかった。間近に迫っていながら、なぜかぐずついている死の到来を、平然と待っているように見えた。息づかいがせわしなくなり、喉が締めつけられるせいか、ひゅーひゅーという音が洩《も》れた。やがて呼吸が止まり、ひとりの女がこの世を去っていくのだが、その死を惜しむ者は誰ひとりとしていないのだ。

日が暮れて、オノレが戻ってきた。ベッドに歩みより、母親がまだ生きているのを

3　エピナルはフランス北東部の町。十九世紀にこの町でつくられた、通俗的な伝説や歴史を題材とする色刷り版画のこと。

見ると、こう訊いた。

「どうかね、具合は?」

以前、母親が軽い病気にかかったときと同じような口調だった。

それから、ラペの婆さんのほうを向いて言った。

「あした、五時に来てくれ」

「いいとも、あした、五時にな」

約束どおり、婆さんは明け方にやってきた。

オノレはこれから畑に出かけるところで、自分でつくったスープを食べていた。

婆さんは尋ねた。

「どうだ、おっかさんのあんばいは?」

農夫は目尻に抜け目なさそうな皺《しわ》を寄せて答えた。

「なんだか、まえよりよくなったみてえだ」

オノレは出かけていった。

ラペの婆さんは不安になって、病人のそばに行った。前日と同じような状態で、息は苦しそうだが、けろりとした顔で、目を開け、こわばった両手を肌掛にのせていた。

こうした状態が、二日、四日、あるいは一週間くらいつづくかもしれない。そう考えると、ラペの婆さんはぞっとして、胸が締めつけられるようだった。と同時に、自分を騙した食わせ者の農夫と、なかなかくたばりそうにないこの老婆にたいして、むらむらと腹が立ってきた。

それでも仕事にとりかかり、ボンタンのおふくろの皺だらけの顔をじっと眺めながら待っていた。

オノレが昼食をとりに帰ってきた。してやったりという顔で、人をこばかにしているように思える。食事を済ませると、さっさと出ていった。絶好の時期に小麦のとり込みができたのは、言うまでもない。

ラペの婆さんははらわたが煮えくりかえる思いだった。いまや、一刻一刻が過ぎるごとに、自分の時間と金が奪われていくような気がした。この頑固でしぶとい、雌驢《めすろ》馬《ば》みたいな老いぼれの首をひっつかみ、ちょっとばかり締めつけて、息の根を止めてしまいたくてたまらなかった。この死にぞこないに、自分の金と時間が盗まれているのだから。

とはいえ、そんなあぶない橋は渡れない。あれこれ考えをめぐらしたすえ、婆さんはベッドに近づいて尋ねた。

「あんた、悪魔を見たことはあるかね?」

ボンタンのおふくろは蚊の鳴くような声で答えた。

「いいや」

そう聞いて、ラペの婆さんはおしゃべりを始め、気弱になった病人をおびえさせるためにいろいろな話をした。

瀕死《ひんし》の病人が息をひきとるさい、その少しまえに、必ず悪魔が姿を現すものだ。悪魔は手にほうきを持ち、頭に大きな鍋をかぶって、大声でわめきちらす。悪魔の姿を目にしたら最後、その人間はもうほんの少ししかもたない。ラペの婆さんはそんな話をして、その年、悪魔を見た人々の名を残らず挙げた。ジョゼファン・ロワゼル、ウラリー・ラティエ、ソフィー・パダニョー、セラフィーヌ・グロピエ。

ボンタンのおふくろは聞いているうちに怖くなって、もぞもぞと身体を動かし、両手をばたばたさせ、顔を傾けて部屋の奥を見ようとした。

すぐさま、ラペの婆さんはベッドの足もとのほうに姿を消した。そして、たんすからシーツをとりだすと、それですっぽりと身を包み、頭に鍋をかぶった。鍋の短い、曲がった三本の足が、つき出た三本の角のように見えた。それから、右手にほうきを持ち、左手でブリキのバケツをつかむと、大きな音をたてるため、いきなりそれを空中に放りなげた。

バケツは土間に落ちて、すさまじい音をたてた。婆さんは椅子の上にあがり、ベッドの隅にさがっているカーテンをあげて姿を現した。派手な身振をしながら、顔を隠している鉄の鍋の奥から鋭い叫びをあげ、人形劇の悪魔のように、ほうきを振りまわして死の床にある老婆を脅した。

瀕死の老婆はうろたえて、目を白黒させ、起きあがって逃げだそうとするかのように、必死にもがいた。ベッドから肩と胸をのりだそうとすらしたが、ひとつ大きなため息を洩らしたかと思うと、がっくりと頭《こうべ》を垂れた。ついにこと切れたのだった。

それを見たラペの婆さんは、おちつき払って使用した品物をことごとくもとの場所に戻した。ほうきはたんすの脇に、シーツはたんすのなかに、鍋はかまどの上に置いて、バケツを板の上にのせ、椅子を壁ぎわに寄せた。それが済むと、慣れた手つきで死人の大きな目をつぶらせ、ベッドの上に小皿を一枚置いて聖水をそそぎ、たんすに

打ちつけてあった黄楊《つげ》の枝を浸した。そして、ひざまずき、職業がら暗記している死者のための祈りを熱心に唱えはじめた。

夕方になってオノレが家に戻ると、ラペの婆さんはまだ祈っていた。農夫がすぐ計算してみたところ、二十スー損したことがわかった。ラペの婆さんがつき添ったのは三日とひと晩であるから五フランにしかならず、オノレは六フラン払わねばならないからだ。

解説

太田浩一

本書は、一八八三年から八六年のあいだに発表された、モーパッサンの中・短篇小説、計六篇をおさめています。『脂肪の塊』の成功から三年後の八三年、モーパッサンは三十三歳になり、執筆活動は絶頂期を迎えていました。ところが、そのわずか三年後の八六年には、健康の衰えもあって、創作意欲は著しく減退してしまいます。

ところで一八八三年は、準備に五年もの歳月を要した初の長篇、『女の一生』が刊行された年です。さいわい、満を持して発表した小説は好評をもって迎えられ、刊行からおよそ一年後には、三万部に近い売行を記録しました。三万部というのは、当時としては驚異的な数字であったようです。評判は外国にもつたわり、イギリス、ロシアなどから次々に翻訳の申し出がありました。この長篇第一作により、モーパッサンは世界的名声と同時に大きな富を獲得したのです。もちろん、フランスの文壇における地歩は固まり、当代きっての人気作家として、パリの社交界にも出入りするようになりました。

また、この八三年に、モーパッサンは少年時に暮らしたエトルタに別荘を構えました。母親から譲りうけた土地に建てた二階建ての瀟洒《しょうしゃ》な別荘は、ある女友だちの提案で、作家の名前ギィをもじってラ・ギィエット荘と名づけられました。以後、パリの住居、南仏のいくつかの別荘とならんで、このラ・ギィエット荘が作家の社交と執筆の舞台となります。長篇の『ベラミ』は、主にこの故郷の別荘で執筆されました。

出入りの洋服屋の紹介で、ベルギー人の青年を召使兼料理人として雇い入れたのも、やはり八三年のことでした。青年の名前はフランソワ・タサールといい、モーパッサンが亡くなるまで、およそ十年にわたって忠実な召使として勤めることになります。主人の食事や身のまわりの世話をするばかりでなく、旅行や温泉での療養にも同行し、ときには主人から書きあげたばかりの原稿を見せられ、その感想を求められたこともあったようです。

モーパッサンとともに暮らした十年間について、後年、タサールは日記の体裁をとった回想録、『召使フランソワによるギィ・ド・モーパッサンの思い出』を刊行し、そのなかで詳細に語っています。日時の勘ちがいや名前の誤りをはじめ、さまざまな思いちがいが散見され、全面的に信用することはできないものの、作家の私生活をもっとも間近に知る人間の残した記録として、興味ぶかい記述にあふれていることは確かです。富と名声を獲得してから、モーパッサンの女性関係はますます奔放になり、女性の出入りもいっそう激しくなったことが、タサールの『思い出』からうかがえます。その反面、モーパッサンの健康状態は悪化の一途をたどり、タサールが仕えたころから、眼疾、偏頭痛、神経障害にくわえて、幻覚症状が始まったようです。晩年の精神錯乱に向かって、すでに病勢が悪化していたものと思われます。

それでは、収録したそれぞれの作品について、簡単に解説をくわえてみましょう。

宝石 *Les Bijoux*（一八八三年三月「ジル・ブラース」紙に掲載）

数あるモーパッサンの短篇のなかでも、傑作として名高い作品です。内務省の役人ランタン氏は愛する妻と幸福な日々を送っていますが、その妻が急死したことにより、不幸のどん底につき落とされます。おまけに生活も窮迫し、やむなく妻の遺品の宝石類を売ることを決意するのですが、そこで思わぬ事実が露見するという筋立《すじだて》です。ところで、下級官吏の夫とその妻が主要な登場人物であり、宝石とその真贋《しんがん》が主人公の運命を大きく左右するという点では、この作品の翌年に発表された『首かざり』も同様です。華やかなパーティーに憧れていた小役人の妻のもとに、運よく招待状が舞いこみます。妻は、金持の女友だちからダイヤの首かざりを借りうけてパーティーに臨み、意気揚々と帰途につきます。ところが、帰宅して大変なことに気づきます。なんと首かざりをどこかで紛失してしまったのです。夫婦は宝石商をまわり、そっくりな品を買いもとめて持主に返しますが、そのために多額の借金を背負ってしまう。十年もかかって、四苦八苦しながら借金の返済をすませたある日、妻は偶然例の女友だちに再会します。そして、その口から借りた首かざりがイミテーションであったことを知らされて小説は幕を閉じるのですが、知名度ではおそらく『宝石』にまさる短篇であるため、この意表をつく結末についてはよく知られているようです。

ところで、似かよった題材のこれら二作品を比較して、作家の阿刀田高氏は『宝石』のほうに軍配をあげています。『首かざり』に「結果のあざといほどのつらさ」や「創りすぎのような気配」があるため、いくらか「マイナス点をつけたくなってしまう（『海外短編のテクニック』集英社新書）」からだと述べていますが、まさに同感です。また『首かざり』においては、妻は身分不相応な暮らしにあこがれていたため、その虚栄心が夫婦の苦難を招いたのだと言えないこともありません。『宝石』にはそうした教訓臭は少しも感じられません。くわえて、『首かざり』とは反対に、妻の残した宝石類がイミテーションではなく本物であったところから、妻が夫の知らない二重生活を送っていたこと、隠れた顔をもっていたことが暗示され、夫婦のあいだに横たわる不気味な深淵が露呈します。そして、亡き妻の残した遺産によって夫の不幸は償われたかと思いきや、皮肉にみちた以下の文章で小説は締めくくられています。
「半年後、ランタンは再婚した。二度めの妻はとても身持はよかったものの、ひどく気むずかしい女性で、ランタンは大いに悩まされた」

遺産 *L'Héritage*　（一八八四年三〜四月「ラ・ヴィ・ミリテール」誌に掲載）
モーパッサンの中篇のなかでは最長の部類に属しますが、じつはこの原型となった作品が存在します。『遺産』の二年まえに発表された短篇、『百万フラン』です。こちらは分量的には『遺産』の十分の一にも満たない小品ですが、モチーフにしても筋立にしても両者は酷似しており、『遺産』がこの短篇から骨組を借りていることは明らかでしょう。もっとも、『遺産』では登場人物の数が大幅に増加し、それぞれに充分な肉づけが施されているだけでなく、職場や家庭における人間関係についてもつぶさに描かれていて、短篇とはまるで印象の異なる力作に仕上がっています。

小説のもっとも重要な舞台となるのは役所、すなわち、かつてモーパッサンが勤務していた海軍省です。自身の体験をもとに、ここを職場とする役人たちの生活や生態がリアルに描かれ、一種の「役人文学」として読むこともできそうです。人生経験豊富な軍人あがりのカシュラン。野心満々の自信家ルサブル。社交界に出入りする美男のマーズ。才人を気どる軽薄なピトレ。現実を直視できない夢想家のボワセル。鈍重な老人で、つねに職場の笑いものになるサヴォンの親父。さらには、ワンマン課長として職場に君臨するトルシュブフ氏など、多彩な人物を登場させることによって、役所という世界、役人社会の実態がよく描かれているように思います。この作品のおよそ四十年まえに刊行された、バルザックの『役人の生理学』を彷彿とさせるものがあります。

さて、ルサブルはカシュランの娘コラリーと結婚します。この結婚はカシュラン自身が望んだもので、姉の莫大な遺産をコラリーが相続する手はずになっているため、娘の夫として前途有望なルサブルに白羽の矢を立てたのでした。ところが、姉のシャルロットが亡くなり、公証人からその遺言書を見せられて、カシュランと娘夫婦は愕然とします。百万フラン以上にのぼる全財産は、コラリーではなくその子どもが相続人となっており、しかも遺言人の死後三年以内に子どもが授からない場合には、全額が慈善団体などに遺贈されると記されていたからです。

カシュラン一家は遺産の相続に執念を燃やしますが、なかなか子どもに恵まれないまま期限の三年が刻々と近づき、親子、夫婦の関係は悪化していきます。また職場でも、カシュランとルサブルは羨望と好奇の目で見られるようになります。こうして、子どもの誕生をめぐって、いささか辛辣な悲喜劇が展開されるわけですが、下級役人の生活、金銭にたいする執着、女性の無節操、ブルジョワの偽善など、いかにもモーパッサン好みのテーマが盛りこまれた作品と言えるでしょう。

車中にて *En wagon*（一八八五年三月「ジル・ブラース」紙に掲載）

パリからフランス中部のクレルモン＝フェランに向かう列車のコンパートメントが、この短篇の主な舞台です。パリの寄宿学校で学ぶ少年三人を、若い神父が母親たちの依頼を受けて連れかえるさいに遭遇するできごとが、コミカルな筆致で描かれています。

　ところで、列車の車室を舞台とするできごとが描かれている点で、『牧歌』という短篇が想起されます。こちらはジェノバからマルセイユへ向かう列車で、登場人物はイタリア人の男女です。同室となったふたりは、たがいの出身地が隣村であることがわかり、うちとけて身の上話をはじめます。男は職を求めてフランスへ向かうところであり、女はマルセイユにいい乳母の口を見つけたという。やがて女はおしゃべりをやめ、苦悶の表情を浮かべます。そして、長時間授乳していないため、乳房が張って苦しんでいることを男に告げるのです。

『車中にて』においても、同室になった若い女性が突如苦しみはじめて、神父は驚き、慌てふためきます。やがて女性が妊娠しており、まさに「子どもが生まれそう」な状態であることがわかります。神父は途方にくれ、どうすることもできずにいましたが、ついに覚悟を決めます。そして『牧歌』の男のように、苦しんでいる女性に救いの手をさしのべるのです。

　少年たちの視線を遮るべく奮闘する神父のようすや、帰宅した少年たちと家族の会話は滑稽であり、ユーモラスでもあるのですが、ブルジョワの偽善的な道徳観を嘲笑する作者の意図がほの見えます。

難破船 *L'Épave*　（一八八六年一月「ゴーロワ」紙に掲載）

小説の舞台、登場人物、テーマ、そしてシチュエーションの点で、この短篇は異彩をはなっています。小説は、語り手が友人から過去の思い出話を聞かされるところからスタートします。モーパッサンの短篇においては、おなじみの形式と言えるでしょう。友人のジョルジュは保険会社の査定係で、座礁した帆船を調査するため、ラ・ロシェル近くの小島に赴きます。島に到着すると、ジョルジュは干潮時の浜を歩いて難破船に向かいます。海がかなたに後退して「広びろとした砂漠」と化した海辺の描写は鮮烈であり、かつ臨場感にあふれていて、海洋小説ふうなおもむきすら感じられるほどです。無人のはずの難破船で、ジョルジュは人の気配を感じて恐怖におののきますが、座礁した船を見るためにやってきたイギリス人男性とその娘三人だとわかります。一家は船室に入ってスケッチを始め、ジョルジュはそのようすを見まもりながら、いくらかフランス語のできる姉娘と会話を愉しんでいるうち、船に滞在できる刻限を過ぎてしまっていることに気づきます。しかし、時すでに遅し。船は大洋に包囲されていて、逃げだすことは不可能なうえ、風と波が壊れかけた船を襲います。

イギリス人の登場する作品としては、独身のイギリス人女性の悲恋を描いた『ミス・ハリエット』がよく知られています。『難破船』のジョルジュも、そうした異常な状況下で、会ったばかりの姉娘になぜか強く心を惹かれるのです。「恋は神秘に満ちたもので、人と人とを結びつけようと虎視眈々《こしたんたん》とねらっているし、男と女が顔を合わせたとたん、その力を行使しようとする」という一節には、モーパッサン独自の恋愛観が窺われるように思います。

パラン氏 *Monsieur Parent*（一八八五年十二月刊行の中・短篇集『パラン氏』に収録）

主人公のパランは、親の遺産のおかげで定職に就くことなく、金利生活者として「質素」に暮らしています。とはいえ年収は二万フラン（日本円にしておよそ二千万円）ほどあり、その暮らしぶりはかなり裕福であることがわかります。『遺産』のカシュランが、定年後は「二千フランの年金で暮らさなければならない」とぼやいているのに比べれば、雲泥の差があると言えるでしょう。妻のアンリエットはパランの資産に惹かれて結婚したのですが、パランの友人のリムザンとは結婚直後から愛人関係にあり、パランにたいしては事あるごとに辛くあたります。にもかかわず、パランは妻を愛していたし、とりわけ息子のジョルジュを溺愛していました。第一章では、家政婦のことばによってパランが衝撃を受けたあたりから、異様な緊迫感がただよいます。家政婦はパランが妻と友人に裏切られていることを明かし、息子がリムザンの子であることをほのめかしたのです。帰宅した妻とのあいだで修羅場が演じられ、その結果、妻は息子をつれて愛人とともに家を出ていきます。こうして、残されたパランにとって長く、耐えがたい、孤独な暮らしが始まります。

私生児や不義の子、捨て子や隠し子などの登場する作品はおよそ二十篇にものぼると言われ、子どもと父親との関係はモーパッサンが執着したテーマであったようです。最愛の息子がじつは友人の子であったという設定は、短篇の『坊や』においても見られます。こちらの短篇では、愛妻の死後、老女中の口から息子が友人の子であることが告げられます。パラン同様、善良で人を疑うことを知らない主人公は、絶望のあまりみずから命を絶ってしまいます。パランは自殺こそしませんが、長らく息子の思い出に苦しみ、じつの父親はだれなのか、その確証をもとめて煩悶する日々がつづきます。年月とともに、しだいに苦悩はうすれ、狂おしいまでの孤独な暮らしにもようやく慣れることができました。ある日、カフェのレジ係の女性に勧められてパリ近郊の町へ出かけたさい、思いがけず、自分を不幸に陥れた一家にたいする復讐の機会がめぐってきます。

パランの無為な、救いのない人生には、作者のシニズムやペシミズムの反映を見ることができるように思います。また、主人公の異様なまでの孤独感は、あるいはモーパッサン自身が共有していたものであるのかもしれません。

悪魔 *Le Diable*　（一八八六年八月「ゴーロワ」紙に掲載）

モーパッサンの作品には、故郷のノルマンディー地方を舞台にしたものが少なくありません。この『悪魔』もそのひとつです。死の床にある老婆とその息子、そして病人のつき添いを副業にしている老女とのやりとりが、コミカルにして軽妙な筆づかいで描かれています。辞書によれば、ノルマンディー人には「ずる賢い人、狡猾な人」という意味もあることがわかりますが、農夫のオノレとつき添い人のラペの婆さんのやりとりは、まさにこうした「ノルマンディー人気質」がよく表現されているように思います。つき添いの費用を極力抑えようとするオノレと、損することを過剰に警戒するラペの婆さん。モーパッサンのノルマンディーを舞台にした作品では、こうした農民の吝嗇《りんしょく》ぶり、小賢《こざか》しさを戯画化したものが数多く見られます。この短篇の圧巻は、なんと言っても終盤の悪魔の登場する場面でしょう。この意表をつく結末には、いささか驚かされました。

翻訳の底本には、次に掲げるルイ・フォレスティエ編のプレイヤード叢書版『中・短篇集』を使用しました。

Maupassant, *Contes et nouvelles I*, édition de Louis Forestier, Gallimard, 《Bibliothèque de la Pléiade》, 1974.

Maupassant, *Contes et nouvelles II*, édition de Louis Forestier, Gallimard, 《Bibliothèque de la Pléiade》, 1979.

また、以下のマリ＝クレール・バンカール編のクラシック・ガルニエ版作品集も随時参照しました。

Maupassant, *Boule de suif et autres contes normands*, édition de Marie-Claire Bancquart, Classiques Garnier, 1983.

Maupassant, *La Parure et autres contes parisiens*, édition de Marie-Claire Bancquart, Classiques Garnier, 1984.

Maupassant, *Le Horla et autres contes cruels et fantastiques*, édition de Marie-Claire Bancquart, Classiques Garnier, 1989.

なお、本書で使用した挿絵は、アルバン・ミシェルより刊行されたモーパッサンの中・短篇集（十八巻）のうちより借りたものです。

モーパッサン年譜

一八五〇年

八月五日、アンリ・ルネ・アルベール・ギィ・ド・モーパッサン、ディエップ近郊のミロメニルの城館にて誕生。父親のギュスターヴ・ド・モーパッサン（一八二一～一九〇〇年）は貴族の出（ただし、貴族の称号を法的に獲得したのは結婚直前の一八四六年である）。母親のロール（一八二一～一九〇三年）は、旧姓をル・ポワトヴァンといい、ブルジョワの家庭に生まれた。兄のアルフレッド・ル・ポワトヴァン（一八一六～四八年）は詩人であり、兄妹そろって早くからギュスターヴ・フローベール（一八二一～八〇年）と親交があった。

一八五三年　三歳

七月、セーヌ県知事にオスマンが就任し、ナポレオン三世の命を受けてパリ大改造に着手。

一八五四年　四歳

モーパッサン一家、フェカン近郊のグランヴィル＝イモヴィルの城館に転居。

一八五六年　六歳

五月一九日、弟エルヴェ誕生。

一八五七年　七歳

四月、フローベール、『ボヴァリー夫人』を出版。

六月、ボードレール（一八二一～六七年）、詩集『悪の華』を出版。

一八五九年　九歳

パリのリセ・ナポレオン（現在のアンリ四世校）に入学。

一八六〇年　一〇歳

両親の別居（二年後に正式離婚）。父親はパリに残り、ギィは母、弟とともに、エトルタのレ・ヴェルギー邸に住む。

一八六三年　一三歳

イヴトー（ルーアン北西の町）の神学校の寄宿生となる。このころより詩作を開始。なお、小泉八雲ことラフカディオ・ハーン（一八五〇～一九〇四年）も、同時期、この神学校に在籍したとの説もある。

一八六六年　一六歳

夏、エトルタの海で溺れかけたイギリスの詩人スウィンバーン（一八三七～一九〇九年）を救ったことから、親交を結ぶ。

一八六八年　一八歳

神学校を退学し、ルーアンのリセ・コルネイユに入学。フローベール、および詩人のルイ・ブイエ（一八二一～六九年）との交流が始まる。このふたりが文学上の師となる。

一八六九年　一九歳

七月、大学入学資格試験《バカロレア》に合格。

八月、エトルタの海岸で画家のクールベ（一八一九〜七七年）と出会う。

一〇月、パリ大学法学部に登録。

一一月、フローベール、『感情教育』を出版。

一八七〇年　二〇歳
七月、普仏戦争が勃発。召集兵となり、ルーアン、次いでパリに配属される。
九月、セダンの戦いでフランス軍が敗北し、第二帝政が崩壊。

一八七一年　二一歳
三月、パリ・コミューン宣言。

八月、ティエール、大統領に就任（第三共和政開始）。

九月、兵役解除となる。

一〇月、エミール・ゾラ（一八四〇〜一九〇二年）、「ルーゴン＝マッカール叢書」の第一巻『ルーゴン家の繁栄』を出版。

一八七二年　二二歳
一〇月、海軍省の無給臨時職員となる。

一八七三年　二三歳
二月、月給一二五フランが支給され、翌年より海軍省の正規職員となる。
夏、セーヌ川で、仲間たちとボート漕ぎ、水遊びに興じる。

一八七四年　二四歳
四月、第一回〈印象派展〉がパリで開催される。
パリのフローベール宅で、ゾラ、エドモン・ド・ゴンクール（一八二二〜九六年）などの自然主義作家と知り合う。

一八七五年　二五歳

二月、短篇小説『剝製の手』（ジョゼフ・プリュニエの筆名を使用）が初めて雑誌に掲載される。

四月、合作の艶笑劇『薔薇の葉陰で、トルコ館』を友人の画家のアトリエで上演。モーパッサン自身も娼婦役で出演。

詩人のステファヌ・マラルメ（一八四二〜九八年）と知り合い、パリのローマ通りの家に出入りするようになる。

一八七六年　二六歳

雑誌「文芸共和国」に、ギィ・ド・ヴァルモンのペンネームで数篇の詩、および評論『ギュスターヴ・フローベール』を発表。

一八七七年　二七歳

一月、ゾラ、『居酒屋』を出版、大成功をおさめる。

一一月、短篇『聖水係の男』が「モザイク」誌に掲載。

一二月、長篇小説『女の一生』のプランを練る。

一八七八年　二八歳

九月、短篇『《冷たいココはいかが！》』が「モザイク」誌に掲載。

一二月、海軍省を辞任、公教育省へ移る。

一八七九年　二九歳

二月、喜劇『昔がたり』を第三フランス座（デジャゼ劇場）にて上演。

一二月、短篇『シモンのパパ』が「ラ・レフォルム」誌に掲載。

一八八〇年　三〇歳

三月、ゾラ、『ナナ』を出版、ベストセラーとなる。

四月、『脂肪の塊』を含む自然主義作家の小説集『メダンの夕べ』が刊行される。普仏戦争を共通のテーマとし、モーパッサンのほか、ゾラ、ジョリス＝カルル・ユイスマンス（一八四八〜一九〇七年）、レオン・エニック（一八五一〜一九三五年）、アンリ・セアール（一八五一〜一九二四年）、ポール・アレクシス（一八四七〜一九〇一年）の計六名の作品を収録している。

『脂肪の塊』の成功により、待望の『詩集』をシャルパンティエ書店から出版。

五月八日、フローベール死去。

六月、公教育省に休職届を出し、文筆活動に専念。

秋、母親とともにコルシカ島旅行。

一八八一年　三一歳

五月、最初の中・短篇集『メゾン・テリエ』を刊行。

七月、「ゴーロワ」紙の特派員として北アフリカ旅行に出発。

一八八二年　三二歳

四月、南フランスに滞在。

五月、中・短篇集『マドモワゼル・フィフィ』刊行。

執筆意欲は旺盛で、この年に発表した

中・短篇は六〇を超える。

一八八三年　三三歳

三月、短篇『宝石』が「ジル・ブラース」紙に掲載。

四月、長篇『女の一生』をアヴァール書店より刊行。三万部という驚異的な部数を記録し、一躍富と名声を得る。

六月、中・短篇集『山鷸《やましぎ》物語』刊行。

夏、エトルタの別荘完成。

一一月、中・短篇集『月光』刊行。フランソワ・タサール（一八五六〜一九四九年）を召使として雇い入れる。以後一〇年間、タサールは忠実に仕え、モーパッサンを身近に知る人間として貴重な証言を多く残している。

一二月、カンヌに滞在。以後、定期的にくり返されることになる。

一八八四年　三四歳

一月、旅行記『太陽のもとへ』刊行。短篇『ローズ』が「ジル・ブラース」紙に掲載。

二月、短篇『雨傘』が「ゴーロワ」紙に掲載。

三〜四月、中篇『遺産』が「ラ・ヴィ・ミリテール」誌に掲載。

四月、中・短篇集『ミス・ハリエット』刊行。

五月、短篇『散歩』が「ジル・ブラース」紙に掲載。

六月、ベトナムの宗主権をめぐって清仏戦争がはじまる（〜八五年六月）。

七月、短篇『痙攣《チック》』が「ゴーロワ」紙

に掲載。中・短篇集『ロンドリ姉妹』刊行。

八月、ユイスマンス、『さかしま』を出版。

九月、短篇『持参金』が「ジル・ブラース」紙に掲載。

一〇月、中・短篇集『イヴェット』刊行。

一八八五年　三五歳

二月、眼病に悩まされる。

三月、短篇集『昼夜物語』刊行。短篇『車中にて』が「ジル・ブラース」紙に掲載。

四月、イタリア各地を旅行する。

五月、長篇『ベラミ』刊行。

五月二二日、ヴィクトル・ユゴー死去。

一二月、中・短篇集『パラン氏』刊行。

このころ、出入りしていたマリー・カーン夫人邸で若きマルセル・プルースト（一八七一～一九二二年）に出会う。

一八八六年　三六歳

一月、短篇集『トワーヌ』刊行。短篇『難破船』が「ゴーロワ」紙に掲載。

一月一九日、弟エルヴェ結婚。

五月、中・短篇集『ロックの娘』刊行。

八月、短篇『悪魔』が「ゴーロワ」紙に掲載。

一八八七年　三七歳

一月、長篇『モントリオル』刊行。

五月、中・短篇集『ル・オルラ』刊行。

七月、パリからオランダまで気球で旅行。

八月、弟エルヴェ、精神に異常をきた

し、医師の診察を受ける。

一〇月、北アフリカへ旅行。

一八八八年　三八歳
一月、長篇『ピエールとジャン』刊行。
六月、旅行記『水の上』刊行。
九月、偏頭痛に悩まされ、しばらくの間執筆活動を中断する。
一〇月、中・短篇集『ユソン夫人ご推薦の受賞者』刊行。
一一月、アルジェリア、チュニジアなどを旅行。

一八八九年　三九歳
二月、中・短篇集『左手』刊行。

五月、長篇『死のごとく強し』刊行。

パリ万国博覧会開催。フランス革命一〇〇周年を記念し、万博会場にエッフェル塔が建設されたが、モーパッサンはこの新しい建造物を忌み嫌っていた。

一一月一三日、弟エルヴェ、入院先の病院で死去。

一八九〇年　四〇歳
病気と精神状態の悪化によって、この年の創作活動は低調。その反面、女性や旅行への情熱は衰えを見せていない。また、治療のため、プロンビエール＝レ＝バンやエクス＝レ＝バンなどの湯治場に赴いている。

三月、旅行記『放浪生活』刊行。

四月、中・短篇集『あだ花』刊行。

六月、長篇『われらの心』刊行。

一一月二三日、フローベールの記念碑

の除幕式に参列するため、ゾラ、エドモン・ド・ゴンクールらとともにルーアンに赴く。

一八九一年　四一歳

三月、ジャック・ノルマン（一八四八～一九三一年）との合作劇『ミュゾット』をジムナーズ座で上演。

夏、療養のため各地の温泉場に赴くが、病状は悪化の一途をたどる。

一二月、もはや執筆活動はできない状態となり、遺言状を書く。

一八九二年　四二歳

一月、カンヌの別荘で自殺をくわだて、パリの精神科病院に送られる。

一八九三年

六月、ゾラ、「ルーゴン＝マッカール叢書」最終巻『パスカル博士』を出版。

七月六日、入院先の病院にて死去。死因は進行性の神経梅毒と考えられている。八日、モンパルナス墓地に埋葬される。

訳者あとがき

「モーパッサン傑作選」の第二弾をお届けします。今回は、中篇のなかでもとびきり長い『遺産』と、それに次ぐ長さの『パラン氏』が含まれているため、収録作品の数では前回をかなり下回り、計六篇にとどまっています。とはいえ短篇の『宝石』をのぞき、今日まであまり日の目を見ることのなかった作品ばかりで、いずれも佳作、力作と呼ぶにふさわしいものです。

日本におけるモーパッサンの翻訳はかなり早い時期からおこなわれ、すでに明治時代にそのブームが到来していたことは、以前述べたとおりです。もっとも早い紹介は、意外なことに、落語家の三遊亭円朝によってなされました。富田仁の『フランス小説移入考』によれば、円朝の人情噺『名人長二』が明治二十八年に「中央新聞」に連載され、同年十月に単行本として刊行されました。明治二十八年は西暦にして一八九五年ですから、モーパッサンの逝去からわずか二年後のことです。『名人長二』はモーパッサンの短篇『親殺し』に想を得たもので、一時期高座を退いていた円朝は、作家有島武郎の母幸子《ゆきこ》からそのストーリーを教えられ、みずから筆を執ったと伝えられています。

『名人長二』の刊行から十二年後、若き日の永井荷風は、およそ四年におよぶアメリカ滞在を経て、はじめて憧れのフランスの地を踏むことができました。フランスに滞在したのは一年たらずの期間にすぎませんが、そこでの見聞や体験は、帰国後『ふらんす物語』となってみごとな結実を見せています。そのなかの一篇「モーパッサンの石像を拝す」は、以下の文章で始まっています。

そもそも、私がフランス語を学ぼうという心掛けを起こしましたのは、ああ、モーパッサン先生よ。先生の文章を英語によらずして、原文のままに味《あじわ》いたいと思ったからです。一字一句でも、先生が手ずからお書きになった文字を、わが舌自《みずか》らで、発音したいと思ったからです。

モーパッサンに心酔する若き日の荷風を彷彿とさせる一節ですが、「モーパッサンの石像を拝す」には、尊敬する作家へのこうした熱いオマージュがあふれています。

ところで、モーパッサンの作品をフランス語の「原文のままに味いたい」と荷風が書いているのは、当時は英語からの重訳が主流であったからだと思われます。「先生の著作は、十年この方《かた》、日本の文壇に絶え間なく訳されていますから、私が今から再び、先生の伝記や何かを日本に紹介する必要はないでしょう」と荷風はつづけて書いています。明治の末期までには、大部分が英語を経由したものであったとはいえ、相当数のモーパッサンの作品が翻訳され、荷風以外にも国木田独歩、田山花袋、島崎藤村、志賀直哉など、多くの文学者に少なからぬ影響をあたえました。

『名人長二』の出版からすでに百二十年以上が経過した現在、これまでにモーパッサンの全集、選集のたぐいは、少なくとも十種類以上は世に出ているものと思われます。また、いわゆる「世界文学全集」に収録されたモーパッサンの作品は相当数にのぼり、それこそ枚挙にいとまがないほどです。ところが、こうしたブームはすでに一九七〇年代に終焉を迎えています。文庫による出版にしても事情は似たようなもので、八〇年代以降に刊行されたモーパッサンの翻訳は数えるほどしかありませんし、現在文庫で読むことのできるモーパッサンの作品となると、その数もかなり限られてしまいます。かつての翻訳書の隆盛を知る者からすれば淋しいかぎりです。訳者としては、この「傑作選」を契機に、モーパッサンの魅力が再発見されることを願わずにはいられません。

今回も、光文社翻訳編集部のスタッフに全面的なサポートを仰ぎました。とりわけ、古典新訳文庫編集長の中町俊伸さんからは、貴重な助言・お力添えの数々をいただきました。心より御礼申しあげます。

二〇一八年六月　　　　　　　　　　太田　浩一

kobunsha classics
光文社古典新訳文庫

宝石《ほうせき》／遺産《いさん》
モーパッサン傑作選

著者　モーパッサン
訳者　太田《おおた》浩一《こういち》

2018年11月20日　初版第1刷発行

発行者　田邉浩司
印刷　慶昌堂印刷
製本　ナショナル製本

発行所　株式会社光文社
〒112-8011東京都文京区音羽1-16-6
電話　03（5395）8162（編集部）
03（5395）8116（書籍販売部）
03（5395）8125（業務部）
www.kobunsha.com

ISBN978-4-334-75389-4 Printed in Japan

いま、息をしている言葉で、もういちど古典を

長い年月をかけて世界中で読み継がれてきたのが古典です。奥の深い味わいある作品ばかりがそろっており、この「古典の森」に分け入ることは人生のもっとも大きな喜びであることに異論のある人はいないはずです。しかしながら、こんなに豊饒で魅力に満ちた古典を、なぜわたしたちはこれほどまで疎んじてきたのでしょうか。

ひとつには古臭い教養主義からの逃走だったのかもしれません。真面目に文学や思想を論じることは、ある種の権威化であるという思いから、その呪縛から逃れるために、教養そのものを否定しすぎてしまったのではないでしょうか。

いま、時代は大きな転換期を迎えています。まれに見るスピードで歴史が動いていくのを多くの人々が実感していると思います。

こんな時わたしたちを支え、導いてくれるものが古典なのです。「いま、息をしている言葉で」――光文社の古典新訳文庫は、さまよえる現代人の心の奥底まで届くような言葉で、古典を現代に蘇らせることを意図して創刊されました。気取らず、自由に、心の赴くままに、気軽に手に取って楽しめる古典作品を、新訳という光のもとに読者に届けていくこと。それがこの文庫の使命だとわたしたちは考えています。

このシリーズについてのご意見、ご感想、ご要望をハガキ、手紙、メール等で翻訳編集部までお寄せください。今後の企画の参考にさせていただきます。
メール　info@kotensinyaku.jp

光文社古典新訳文庫　好評既刊

脂肪の塊／ロンドリ姉妹　モーパッサン傑作選

モーパッサン
太田 浩一 訳

人間のもつ醜いエゴイズム、好色さを描いた「脂肪の塊」と、イタリア旅行で出会った娘との思い出を綴った「ロンドリ姉妹」。ほか初期作品から選んだ中・短篇集第1弾。（全10篇）

女の一生

モーパッサン
永田 千奈 訳

男爵家の一人娘に生まれ何不自由なく育ったジャンヌ。彼女にとって夢が次々と実現していくのが人生であるはずだったのだが……。過酷な現実を生きる女性をリアルに描いた傑作。

オリヴィエ・ベカイユの死／呪われた家　ゾラ傑作短篇集

ゾラ
國分 俊宏 訳

完全に意識はあるが肉体が動かず、周囲に死んだと思われた男の視点から綴る「オリヴィエ・ベカイユの死」など、稀代のストーリーテラーとしてのゾラの才能が凝縮された珠玉の5篇を収録。

グランド・ブルテーシュ奇譚

バルザック
宮下 志朗 訳

妻の不貞に気づいた貴族の起こす猟奇的な事件を描いた表題作、黄金に取り憑かれた男の生涯を追う自伝的作品「ファチーノ・カーネ」など、バルザックの人間観察眼が光る短編集。

ゴリオ爺さん

バルザック
中村 佳子 訳

出世の野心溢れる学生ラスティニャックが、場末の安下宿と華やかな社交界とで目撃するパリ社会の真実とは？　画期的な新訳で贈るバルザックの代表作。（解説・宮下志朗）

光文社古典新訳文庫　好評既刊

ちいさな王子
サン＝テグジュペリ
野崎　歓　訳

砂漠に不時着した飛行士のぼくの前に現われた不思議な少年。ヒツジの絵を描いてとせがまれる。小さな星からやってきた、その王子と交流がはじまる。やがて永遠の別れが…。

夜間飛行
サン＝テグジュペリ
二木　麻里　訳

夜間郵便飛行の黎明期、航空郵便事業の確立をめざす不屈の社長と、悪天候と格闘するパイロット。命がけで使命を全うしようとする者の孤高の姿と美しい風景を詩情豊かに描く。

人間の大地
サン＝テグジュペリ
渋谷　豊　訳

パイロットとしてのキャリアを持つ著者が、駆け出しの日々、勇敢な僚友たちや人々との交流、自ら体験した極限状態などを、時に臨場感豊かに、時に哲学的に語る自伝的作品。

戦う操縦士
サン＝テグジュペリ
鈴木　雅生　訳

ドイツ軍の侵攻を前に敗走を重ねるフランス軍。「私」に命じられたのは決死の偵察飛行だった。著者自身の戦争体験を克明に描き、独自のヒューマニズムに昇華させた自伝的小説。

花のノートルダム
ジュネ
中条　省平　訳

都市の最底辺をさまよう犯罪者、同性愛者たちを神話的に描き、〈悪〉を〈聖なるもの〉に変えたジュネのデビュー作。超絶技巧の比喩を駆使した最高傑作が明解な訳文で甦る！

光文社古典新訳文庫　好評既刊

薔薇の奇跡

ジュネ
宇野邦一 訳

監獄と少年院を舞台に、「薔薇」に譬えられる美しい囚人たちの暴力と肉体を赤裸々に描くことで聖性を発見する驚異の書。同性愛者であり泥棒でもあった作家ジュネの自伝的小説。

青い麦

コレット
河野万里子 訳

幼なじみのフィリップとヴァンカ。互いを意識しはじめた二人の関係はぎくしゃくしている。そこへ年上の美しい女性が現れ……。奔放な愛の作家が描く〈女性心理小説〉の傑作。

海に住む少女

シュペルヴィエル
永田千奈 訳

大海原に浮かんでは消える、不思議な町の少女の秘密を描く表題作。ほかに「ノアの箱舟」、イエス誕生に立ち合った牛を描く「飼葉桶を囲む牛とロバ」など、ユニークな短編集。

狭き門

ジッド
中条省平
中条志穂 訳

美しい従姉アリサに心惹かれるジェローム。相思相愛であることは周りも認めていたが、当のアリサは煮え切らない。ノーベル賞作家ジッドの美しく悲痛なラヴ・ストーリーを新訳で。

未来のイヴ

ヴィリエ・ド・リラダン
高野優 訳

恋人に幻滅した恩人エウォルド卿のため、発明家エジソンは、魅惑の美貌に高貴な魂を具えた機械人間〈ハダリー〉を創り出すが……。アンドロイドSFの元祖。（解説・海老根龍介）

★続刊

ミドルマーチ1 ジョージ・エリオット／廣野由美子・訳

近代化のただなかにある都市を舞台に、宗教的理想に燃える娘、赴任してきた若き医者、市長の息子、銀行家などの思惑と人間模様をつぶさに描き「英国最高の小説」と賞される名作。生誕二百年を迎えるジョージ・エリオットの代表長篇、刊行開始。

死刑囚最後の日 ユゴー／小倉孝誠・訳

死刑を宣告された男の、その最後の日を中心に執行までの瞬間を描いたフィクション。刻々と迫る執行の時。おぞましいギロチン処刑と、それを見せ物として期待し集まる群衆……。死刑制度撤廃のために情熱を傾けて書きあげた、若きユゴーの作品。

存在と時間5 ハイデガー／中山元・訳

最難関とも言われる『存在と時間』を分かりやすい訳文と詳細な解説で読み解く。前4巻に続き、わたしたちの〈気分〉をもとに、現存在の〈不安〉という情態性、気遣いとしての実在性を考察し、現存在と真理の結びつきを示す。（第6章44節まで）

kobunsha
classics